MW01234459

*Un si bel orage*

Pierre Moustiers

# Un si bel orage

ROMAN

Albin Michel

IL A ÉTÉ TIRÉ DE CET OUVRAGE
TRENTE EXEMPLAIRES
SUR VÉLIN LAC 2000 « PERMANENT »
DES PAPETERIES SALZER
DONT VINGT EXEMPLAIRES
NUMÉROTÉS DE 1 À 20
ET DIX HORS COMMERCE
NUMÉROTÉS DE I À X

© Éditions Albin Michel S.A., 1991
22, rue Huyghens, 75014 Paris

ISBN 2-226-05419-7

*A la mémoire de ma mère*

*« Je suis amoureux de l'amitié. »*
Montesquieu

# I

L E 5 novembre 1758, un an jour pour jour
après la débandade de Rossbach, deux officiers du régiment d'Angoumois, désœuvrés
pour avoir obtenu leur congé, chevauchaient
sur la route qui va de Saint-Antonin à Aix, en
bordure de la montagne de Sainte-Victoire.
Attendris par le vent frivole qui froissait les
feuilles mortes, ils avaient depuis peu cessé de
parler de femmes pour y penser chacun de leur
côté en regardant les filets de sang étendus au
couchant dans le ciel violet. Ce silence momentané pouvait laisser supposer qu'ils étaient d'accord alors que leurs caractères et leurs avis s'op-
posaient. Renaud dont les bonnes fortunes ne
se comptaient plus estimait, à vingt ans, que les
femmes méritaient d'être aimées au petit bonheur. Antoine, son aîné d'un an, enviait sa
désinvolture et ne rêvait que de l'imiter, persuadé qu'il n'y parviendrait jamais avec les idées
austères qu'il se faisait du sentiment. Conscient
de ses avantages physiques, il se méfiait de plaire
comme on s'inquiète d'une disgrâce et jouait

les indifférents quand une œillade bien déco-chée lui tordait le cœur.

Une compagnie de perdreaux jaillit d'un fourré, ronfla de tous ses moulins au-dessus des cavaliers et disparut derrière une haie d'épines. Sultan se cabra et fit un saut de côté. Antoine le releva sèchement et lui donna une tape sur l'encolure, alors que Renaud tournait la tête ailleurs. Antoine suivit son regard et découvrit à cent pas un poulain qui caracolait sans sur-veillance à travers champs.

– J'ai l'impression qu'il se sauve, dit-il.

– Sans doute, mais laisse-le s'approcher. Il nous a vus. Je les connais, ces petits fous. Ils ont besoin de compagnie.

Renaud quitta discrètement la route pour arrêter Junon, sa jument, en lisière d'un pré desséché où Antoine le rejoignit, une main fourrageant le toupet de Sultan.

– Je les connais, ces petits fous, répéta Renaud à voix basse.

A le voir sourire d'un air entendu, on pouvait imaginer qu'il se préparait à de grands événe-ments. Antoine, émoustillé, redressa la taille, les yeux braqués sur le poulain qui insensible-ment gagnait du terrain par bonds obliques en faisant mine de reculer chaque fois qu'il se pré-sentait de face. Ses jambes effilées montées sur ressorts enlevaient comme un fétu son corps de quatre cents livres, secouant à tout vent sa caboche immature et la corde qui pendait à son licol.

— Il a rompu sa longe à l'écurie. C'est un gaillard, remarqua Antoine.

— Un gaillard de cinq mois. Regarde! Il a encore son duvet.

Antoine approuva d'un signe de tête, après avoir reconnu sous les flancs de l'animal des touffes de bourre accrochées à son poil neuf. Captivé par l'immobilité de Junon et de Sultan, aimanté par leurs effluves, le poulain cessa bientôt de caracoler pour s'avancer à pas menus, hésitant souvent entre deux directions, le front bas et les naseaux dilatés. Son approche indécise impatientait les cavaliers piqués au jeu, figés comme à la chasse dans une excitation progressive. Quand il fut tout près, absorbé par Junon dont il flairait les genoux, Renaud lui parla d'une voix douce, sans remuer d'un pouce sur sa monture, puis dans un souffle avertit Antoine :

— Je vais l'attraper. S'il me désarçonne, occupe-toi de Junon.

Ce disant, sans vider les étriers, il dégagea un peu ses bottes, puis se mit à siffloter du bout des lèvres, à murmurer des mots caressants et sans suite : « Sage, mon trésor, mon téton... », jusqu'à ce que le front marqué d'une étoile passât à portée de sa main. Alors, il agrippa la longe mais ce geste effraya le poulain qui d'un écart impétueux le souleva de selle et le précipita au sol sans réussir toutefois à le traîner dans l'herbe, car Renaud venait d'atterrir sur les talons et s'arc-boutait maintenant pour maî-

13

triser l'animal qui tirait sur la corde par saccades forcenées. Antoine, qui avait empoigné les rênes de Junon et maintenait les chevaux flanc contre flanc, encourageait du regard son ami dont les bras tendus à se rompre résistaient aux secousses. Puis Renaud, toujours arc-bouté, parvint à se déplacer, à tourner autour de son adversaire en lui parlant : « Tu te fatigues, mon petit. Allons, viens! » et déjà le poulain distrait se défendait avec moins d'ardeur. Soudain Renaud laissa filer la corde comme pour arrêter le combat, mais il fit un bond en avant et la rattrapa sous le menton du poulain qui, surpris ou rassuré par l'odeur humaine, ne réagit pas.

— Bien sage! murmura Renaud et de sa main libre il caressa l'étoile blanche en grattant le poil entre les oreilles.

— Bravo! dit Antoine.

— C'est bon, ça! reprit Renaud en s'adressant au poulain dont il grattait maintenant le chanfrein jusqu'aux naseaux.

— Bravo! répéta Antoine sans ironie. On comprend la soumission des femmes.

— Aucun rapport! répliqua Renaud en souriant, la main posée sur le nez velouté de l'animal, tout près de la lèvre qui se retroussait pour lui mouiller les doigts.

— Admettons, mais que va-t-on en faire?

— Le ramener à son maître.

— Tu le connais, son maître?

— Non, mais j'ai le sentiment qu'il ne va pas tarder à se montrer...

14

Un jeune garçon échevelé, pieds nus, chemise au vent, traversait le champ au pas de course, suivi à longues enjambées par un paysan de haute taille, bâti comme un échassier.

— Merci! souffla l'adolescent hors d'haleine en saisissant la longe que Renaud refusait pour l'instant de lâcher. Il s'est encore échappé. Ce Bayard, c'est le diable!

— C'est un amour, affirma Renaud.

— Écarte-toi, Pierrot! dit le paysan en arrivant.

Des gouttes de sueur roulaient sur son visage osseux et s'arrêtaient au bas des joues dans des rides de cuir. Il était vêtu d'un justaucorps suranné aux boutons de corne et d'une culotte étroite taillée dans de la peau d'agneau. Des guêtres de toile cachaient les lacets de ses sandales et serraient ses mollets interminables. Pierrot s'écarta d'un saut et l'homme prit la longe que lui tendait Renaud :

— Un grand merci, Messieurs, dit-il d'une voix rude mais sur un ton qui ne manquait pas de dignité. Je m'appelle Paul Renouvier au service de Monsieur le marquis de Tallert que vous connaissez sans doute.

— Je le connais de réputation, répondit Antoine. Mon père me parlait de lui avec respect.

— Permettez-moi de vous conduire jusqu'à lui. Monsieur le marquis me tiendrait rigueur de ne pas vous remercier lui-même.

Après avoir consulté son ami du regard,

Antoine affirma que cette perspective leur faisait plaisir. Renaud remonta en selle et Renouvier tira sur la longe pour mettre Bayard au pas : « Gare à toi! gronda-t-il en patois. Si tu vas de travers, je t'étripe! » Armé d'une badine, Pierrot suivait le poulain d'un air sévère tandis que Renaud chevauchait derrière et qu'Antoine fermait la marche. Le cortège s'engagea sur un sentier pierreux, entre deux rangées de genévriers dont les rameaux balayés par la brise crépitaient au ras des cailloux. Antoine se souvint des propos de son père concernant le marquis de Tallert : « C'est un original dans mon genre. Sociable envers son prochain, il n'aime pas la société. » Il n'était pas mécontent de rencontrer ce gentilhomme que l'on disait bizarre tout simplement parce qu'il habitait à une demi-lieue d'Aix et ne s'y montrait jamais. Devant lui remuait en cadence la croupe satinée de Junon et ce spectacle apaisant lui donnait par caprice un peu de mélancolie, l'inclinait à se demander s'il n'était pas bizarre, lui aussi : « Il me manque toujours l'essentiel pour être heureux. Cependant, je me porte bien, je dispose d'un nom et d'une fortune honorables qui allègent mon esprit. Les femmes me trouvent beau. Enfin, j'ai un ami dont la compagnie apporte un sens à ma vie. Alors, pourquoi ne suis-je jamais satisfait? » Il n'avait pas remarqué que le sentier venait de s'élargir dans le sable et frissonna, soudain, car la nuit tombait avec un bruit d'eau sur une allée dont les ormeaux se

16

rejoignaient à la cime et cette voûte de verdure diffusait l'ombre odorante d'une église. Renaud ralentit pour chevaucher à sa hauteur et fredonner un air de chasse :

— Ça ne t'ennuie pas? demanda Antoine.

— Qu'est-ce qui ne m'ennuie pas?

— Cette visite.

— Non. Pourquoi?

— Tu pourrais être attendu à Aix.

— Je le suis. Mais l'imprévu me paraît plus sérieux.

Antoine sourit avec un brin de nostalgie : « Comment fait-il pour être si bien dans sa peau? » songea-t-il en pinçant la crinière de Sultan.

Les ormeaux s'écartèrent comme les vantaux d'une porte et le château de Lharmas apparut avec sa mezzanine à l'italienne que dorait un rayon attardé. Le toit en pente douce couvert de tuiles romaines s'effaçait dans une buée mauve au-dessus de la génoise et de quatre œils-de-bœuf très noirs qui trouaient la façade et semblaient guetter les arrivants. Renouvier s'arrêta devant la cour d'honneur pavée de galets de rivière et confia Bayard à Pierrot en lui recommandant de l'attacher solidement : « Sinon, gare à tes oreilles! », puis, comme l'adolescent faisait trotter le poulain en direction des communs, il se tourna vers les cavaliers, assez droit sur ses échasses pour se tenir à leur hauteur sans lever le menton, et dit qu'il allait prévenir son maître.

Henri-Charles, marquis de Tallert, seigneur de Lharmas et de la Galinière, n'avait à première vue rien de reluisant. De courte taille avec un peu de ventre, il marchait à petits pas rapides, la tête ramassée dans les épaules sous une perruque sans poudre. Antoine et Renaud mirent pied à terre pour répondre à son accueil. Le marquis les félicita d'avoir apprivoisé Bayard, affirmant que c'était un exploit. Il fallait, pour mater un animal aussi farouche, des qualités hors du commun : « Chacun sait, précisa-t-il, que les rouans truités ne sont pas faciles à dresser. Je me félicite, en tout cas, de son escapade qui nous a rapprochés. » Il prit le temps de sourire pour ajouter d'un trait : « Car je vous connais, Messieurs. Vous êtes Renaud de Saint-Pons et vous, Antoine de Cherchery. Vous m'obligeriez en acceptant de souper à ma table. »

Les deux cavaliers ne pouvaient décliner cette offre, d'abord parce qu'elle leur faisait plaisir, ensuite parce qu'il était difficile de résister à la voix chaude du marquis comme à l'acuité de son regard d'un vert étonnamment clair : « Mon intendant va s'occuper de vos chevaux », dit-il en tournant vers Renouvier ses sourcils en broussaille. Sur le perron, il prit le bras de Renaud, puis celui d'Antoine, avouant au premier qu'il regrettait de n'avoir jamais rencontré le comte de Saint-Pons, son père, et confiant au second que la mort du baron Martial de Cherchery l'avait fort affecté.

L'intérieur du château, et notamment la salle à manger, ressemblait à la façade par son absence d'apparat, mais au fil des minutes, cette discrétion devenait une élégance, inspirait aux visiteurs un bien-être subtil. Les meubles sans marbre, sans or et sans laque de Chine leur tenaient modestement compagnie, tissant à leur insu des liens affectueux comme ces œuvres d'art non signées qui n'attirent jamais l'attention d'emblée mais que l'on aime davantage ensuite pour avoir reconnu leurs mérites. Le marquis fit asseoir ses invités devant un feu de sarments qui dégageait en pétillant une odeur de pain brûlé. Il leur conseilla avec humour d'être patients et de tromper la faim en bavardant, car Marion, la cuisinière, détestait les surprises et se vengeait en faisant attendre les convives : « Il lui faut cinq minutes pour peler un oignon. » En apprenant qu'elle devait dresser quatre couverts au lieu de deux, elle avait failli renverser une marmite : « D'ordinaire, expliqua-t-il, je ne m'occupe pas de ces détails, mais Mme de Laplane qui s'en soucie et qui vit sous mon toit – disons qu'elle accompagne mon veuvage – s'est rendue à Sisteron auprès de son frère Choiseul-Beaupré qui gouverne la ville. Elle ne reviendra que dans une semaine. Nous souperons entre hommes, sans protocole, sans falbalas, à la guerre comme à la guerre ! » Ce dernier mot prononcé avec éclat divertit les deux amis et raviva des souvenirs de garnison. Le marquis en profita pour leur demander quels motifs les avaient conduits à quitter le régiment d'Angoumois. Renaud lui répondit qu'après la débâcle de Rossbach l'armée n'offrait plus les certitudes de naguère. On y trouvait les mêmes indécisions qu'ailleurs, le même climat d'amertume et de dérision que dans les corridors de Versailles. La discipline n'était plus que matière à discours. Henri-Charles lui fit remarquer qu'on se battait toujours aux Amériques et que le climat était peut-être différent là-bas : « Jadis, dit-il, un gentilhomme n'obtenait pas si facilement son congé. Mais je vous comprends et j'admets vos déconvenues. Ce siècle ne vaut rien aux militaires. Il y a vingt-cinq ans déjà, M. de Vauvenargues me disait d'un air navré que l'honneur et la gloire faisaient rire désormais. C'était pendant la retraite de Prague et nous étions allongés côte à côte sur un chariot, lui avec les pieds gelés, moi avec du plomb dans les cuisses. » Antoine s'apprêtait à intervenir quand l'arrivée de Renouvier lui fit oublier les mots qu'il avait sur la langue. L'intendant se plia en deux pour tisonner le feu et son visage penché sur les étincelles avait la couleur et l'indifférence d'une souche : « Dans ma jeunesse, dit le marquis, on parlait encore de Turenne. Le courage était pris au sérieux, tout comme la gloire et l'honneur dont les mots n'amusaient personne. » Il raconta comment son père l'avait mené en calèche jusqu'à Versailles pour le présenter au Roi-Soleil : « A treize ans, j'étais presque aussi grand que lui. Pourtant, j'avais le sentiment qu'il m'écrasait de sa taille. Après m'être incliné, je me tenais si droit que les genoux me faisaient mal. » Il esquissa un sourire, les yeux mi-clos, et Renaud voulut savoir si le vieux monarque lui avait parlé : « A moi, non, répondit le marquis, mais il a dit à mon père que j'avais de l'allure et ce compliment a tenu une place énorme dans ma vie. » Il se leva pour poser une bûche dans la cheminée, réchauffa ses mains à la flamme et se rassit commodément : « Ne me prenez pas pour un radoteur qui se réfugie dans le passé, ajouta-t-il avec un éclair de malice dans l'œil. Je trouve que notre époque a du charme en dépit de ses reniements et je n'ai pas envie de revenir en arrière. Les défauts du monde ancien ne m'attirent pas. Ce sont ses qualités qui me retiennent. Pour elles, je donnerais mon sang. » Il prononça la dernière phrase sur un ton mesuré comme pour constater une évidence et Renaud le regarda avec émotion, sans l'approuver pour autant mais heureux d'entendre un homme de cet âge s'exprimer sans condescendance ni réticence aucune, en toute liberté : « Ah! songea-t-il, si mon père pouvait se livrer ainsi... » Le comte Ambroise de Saint-Pons ne parlait guère à son fils que pour le rabrouer et distiller par monosyllabes son mépris de la jeunesse. Ce vieillard atrabilaire, rencogné dans un fauteuil à oreilles et miné par la jalousie, ne supportait pas le bonheur d'autrui. Renaud dont la mère était morte cinq ans plus tôt le jugeait moralement responsable de ce malheur. C'était une vocation, chez lui, de prendre le parti des femmes, à la différence d'Antoine qui vénérait la mémoire de son père et tenait sa mère à distance.

Une brunette en tablier blanc, coiffée à l'arlésienne, déposa quatre couverts sur la table et se retira prestement pour rejoindre à la cuisine une voix de femme qui l'appelait : « Berthe. » Antoine se demandait à qui était destiné le quatrième couvert quand la porte qui donnait sur la cour s'ouvrit brusquement, poussée par une demoiselle bottée, sanglée dans une culotte comparable à celle de Renouvier, la chevelure d'un blond pâle, lissée au-dessus du front et nouée sur la nuque en catogan : « Claire, ma fille, dit le marquis en rougissant un peu. Voyez donc, Messieurs, comme elle s'habille! Je n'ai pas menti tout à l'heure quand je vous ai dit que nous souperions entre hommes. » Claire de Tallert répondit par un regard enjoué qui signifiait : « Il n'est pas nécessaire de vous excuser, voyons! », puis, sans se démonter le moins du monde, elle sourit aux deux officiers que son père lui présenta. Antoine et Renaud échangèrent des compliments avec elle sur un ton convenu, persuadés que rien ne pourrait les empêcher de reprendre une conversation sérieuse avec le marquis. Antoine, qui avait son opinion sur l'armée et regrettait de ne pas l'avoir donnée, déclara que le désastre de Rossbach lui semblait moins imputable à la sottise du maréchal de Soubise qu'à celle de son triste allié Hiedburghausen. Renaud répliqua vertement que Soubise n'aurait jamais dû subir l'influence de ce butor d'Allemand et tolérer ses funestes initiatives. Antoine en convint et conclut : « *Asinus asinum fricat.* »

Tous deux parlaient avec conviction et de façon péremptoire selon les méthodes de la jeunesse qui entend s'affirmer. Cependant, chacun éprouvait le sentiment diffus de ne pas reconnaître sa propre voix comme si les mots utilisés n'avaient plus tout à fait le même écho, ni le même sens et qu'on pût les remplacer par d'autres ou se taire. Était-ce la faute de Claire assise à table en face d'eux et qui venait de défaire son catogan ? Les cheveux libérés retombaient en pluie sur ses épaules et paraissaient infiniment plus dorés qu'à son arrivée. Le marquis lui fit part du service rendu par les deux officiers qui avaient maîtrisé Bayard, l'avaient reconduit à la maison comme un agneau. Antoine insista pour rétablir la vérité, préciser que Renaud avait tout fait quand lui-même se contentait d'être spectateur. Il prit plaisir à décrire les prouesses de son ami et constata que la jeune fille l'écoutait avec une attention particulière sans remuer les lèvres ni les yeux. Quand il eut achevé son récit, elle dit simplement : « Bayard a les défauts que j'aime. Je le monterai dans trois ans. » Cette confidence s'adressait aux deux jeunes gens qu'elle regardait ensemble sans marquer le moindre écart de l'un à l'autre, ni la plus infime préférence, et pourtant rien ne semblait plus direct, plus précis que la lumière de ses prunelles d'un vert plus intense que celles du marquis. La conversation s'anima au cours du repas, mais Claire n'y prit aucune part sans donner toutefois l'impression d'être absente. Au contraire. Son attention muette pesait sur les propos d'Antoine et de Renaud qui ne s'adressaient guère qu'au père en se défendant de quêter du regard l'approbation de la fille. On reparla de Rossbach, de Soubise et de Hiedburghausen. Claire, en buvant sec, écoutait de bon appétit, intéressée davantage par la voix des convives et le mouvement de leurs lèvres que par leurs discours, mais lorsque Antoine raconta comment Renaud lui avait sauvé la vie : « Ce coup de sabre écrit sur sa figure m'était destiné », elle sortit de sa réserve pour murmurer de manière audible : « En somme, vous êtes des amis mortels » et sa peau délicate, au-dessus de la bouche, se colora. Le marquis rappela sans transition le coup de canif que Damiens avait porté au Roi. Il était difficile d'aborder pareil sujet sans soulever des passions qui déchiraient encore le royaume, et les trois hommes ne pouvaient rester neutres. Chacun réprouvait l'atrocité du châtiment infligé à l'assassin mais personne ne s'accordait sur le choix d'une autre sanction. Antoine et Renaud discutaient avec feu, se coupant mutuellement la parole et tournés résolument vers le marquis comme si Claire n'existait pas. Cependant le mutisme de la jeune fille ne cessait de les préoccuper, de les envelopper, d'influer sur leurs affirmations catégoriques au point qu'ils n'auraient pu se détacher de sa présence si elle leur avait tourné le dos. Henri-Charles de Tallert leur donnait maintenant la réplique avec calme sur un ton de bienveillance à peine narquois, comme quelqu'un qui pressent chez autrui un événement intime et se moque, pour l'instant, de le définir, quelqu'un qui n'est pas dupe d'une chose qu'il ignore encore. Et les deux officiers reportaient spontanément sur sa personne une émotion qui venait d'ailleurs et qui leur dictait à son égard une sympathie irrésistible. Bref, il leur arrivait de regarder le vieux gentilhomme avec amour.

Il était près de minuit quand ils prirent congé. Debout sur le perron, côte à côte, le marquis et sa fille les regardèrent monter en selle et s'éloigner sous les ormeaux de l'allée. Claire fit demi-tour la première, pressée de regagner sa chambre et de n'ajouter aucun commentaire à ce que venait de dire son père : « Ils sont aimables, ces garçons. » Sur la route mal éclairée par un croissant de lune, les cavaliers allaient au pas, attentifs à ne pas forcer l'allure ni troubler l'équilibre froid de la nuit. Chacun souhaitait dire quelque chose mais aucun n'avait la volonté de rompre le silence meublé par le bruit cadencé des sabots sur la terre dure. Soudain, un tremblement imperceptible dans l'air leur fit baisser la tête et réprimer un frisson.

Une chouette venait de traverser la route, frôlant leurs nuques de ses ailes de coton, et le mystère de son passage leur ôta définitivement l'envie de parler. Ils franchirent les remparts crénelés de la ville à la porte de Bellegarde où les soucis de la vie courante les rattrapèrent. Antoine songea au notaire qu'il devait consulter dans la matinée pour l'achat d'un terrain grevé de servitude en bordure de son domaine de La Tuilière. Pour être à pied d'œuvre il avait décidé de passer la nuit à Aix, chez sa mère dont il ne pourrait éviter la rencontre. Renaud, de son côté, avait des remords : Irène, la jeune épouse de Gaspard de Lauze, président à mortier, avait dû l'attendre chez lui, sous l'œil compatissant de Baptiste, le vieux domestique. Il s'inquiétait d'avoir oublié, six heures durant, une maîtresse qu'il adorait la veille et dont la conquête ne datait que de huit jours. Cette perte de conscience posait une énigme dont l'anomalie le mettait mal à l'aise. Rue du Puits-Neuf, devant la maison des Gallifet, il eut une pensée pour le maître des lieux apparenté à sa mère et que son père haïssait. Le marquis de Gallifet menait grand train dans son château du Tholonet où se donnaient rendez-vous l'aristocratie de Provence et la fine fleur des robins. Ambroise de Saint-Pons lui reprochait à tort de se maquiller comme une catin et de s'enrichir de manière crasseuse : « La canne à sucre de Saint-Domingue traitée par des sauvages et la poutargue de Martigues manipulée par des souillons! De l'argent qui pue!» En fait, il ne lui pardonnait pas d'avoir fait danser Laure-Adélaïde à l'époque où elle était jeune fille.

– Laure-Adélaïde, murmura Renaud.

– Tu m'as parlé? demanda Antoine.

– Non. Je rêvais tout haut.

– A quelqu'un?

– A ma mère.

– Ah! soupira Antoine songeant à la sienne.

Rue Porte-Peinte, il reconnut la demeure du chanoine Charles-Mitre Dubreuil qui venait, jadis, à La Tuilière lui enseigner le latin. Il regretta de ne plus traduire Virgile et résolut de se remettre à l'étude : « C'est à cause de la guerre. Après avoir manié le sabre, on n'ose plus ouvrir un livre et l'on aurait honte de se recueillir. »

Les deux amis s'arrêtèrent, rue de la Croix-Jaune, devant l'hôtel de Belcodène dont la porte monumentale, encadrée de pilastres corinthiens, était surmontée d'un mascaron représentant un faune rieur. Leurs adieux furent brefs, contrairement à leur habitude d'échanger des paroles inutiles au dernier moment. Renaud pénétra dans la cour, mit pied à terre, réveilla Fabret, le valet d'écurie, et lui recommanda de couvrir Junon après l'avoir pansée : « Les murs sont humides en cette saison. Je ne veux pas qu'elle s'enrhume. » En posant la main sur la rampe d'escalier ornée de lyres accolées, il s'étonna du silence d'Antoine à propos de Claire et jugea sa conduite anormale, oubliant de considérer la sienne propre, identique en l'occurrence.

A présent, dans la ville endormie, Antoine chevauchait tout seul, surpris par la résonance insolite que l'obscurité donnait au grelot des fontaines. La perspective de coucher près de sa mère dans cet hôtel qu'elle gouvernait comme un vaisseau de guerre l'incitait à retenir son cheval. Il se souvint d'un jour d'hiver où elle s'était montrée particulièrement odieuse, accusant son mari de tous les défauts, y compris celui de ne pas réagir. Martial de Cherchery s'était contenté de lui répondre avec un sourire las : « Hyacinthe, ma chère, vous finirez par m'inspirer le désir d'être veuf ou l'impatience de mourir. » Antoine se promit de rendre visite au notaire de bonne heure et de regagner aussitôt La Tuilière, sans lanterner dans la ville : « On ne vit à l'aise que chez soi, au milieu des arbres, à l'abri des intrigues citadines et des cancans. » En attendant, il conduisait Sultan le plus lentement possible, troublé par la transparence humide de la nuit et par un sentiment de nouveauté dont l'invraisemblance le mettait dans un état de fièvre et d'anxiété presque heureuses. Il lui semblait que les maisons de la rue Cardinale changeaient d'allure, que Sultan n'avait plus la même odeur ni la même souplesse sous la selle, et que le clocher de la Commanderie de Saint-Jean s'élevait plus haut que d'habitude, mais ces divagations insensées ne l'inquiétaient guère et, toujours prêt à reprendre ses esprits, il préférait s'en dispenser, rassuré par ses propres incertitudes : « C'est de la folie, voyons! Pourquoi le monde serait-il différent? » Il s'arrêta devant la fontaine des Quatre-Dauphins pour faire boire son cheval qui n'avait pas soif. Sultan effleura de son nez la margelle du bassin et releva la tête après l'avoir secouée en signe de refus, mais Antoine le maintint sur place un moment, attiré par l'eau noire dont le tremblement lui rappelait une émotion récente et un regard.

## II

Héroïque à l'aube, la baronne Hyacinthe de Cherchery triomphait de son plaisir de paresser au lit. Allongée sur le dos, les paupières closes, la chevelure répandue en étoile sur l'oreiller, les jambes écartées d'une ruelle à l'autre, elle ne pouvait supporter la pensée que des êtres vivant sous sa dépendance pussent se dispenser un instant de lui obéir. Alors, impatiente de donner des ordres, elle se réveillait à poings fermés, écarquillait des yeux d'un bleu pierreux et se dressait sur son séant dans un sursaut d'autorité qui faisait trembler les montants du lit et frémir sous la soie sa poitrine de cariatide. Usufruitière de l'hôtel de la rue Cardinale depuis la mort de son mari, elle tyrannisait les domestiques dans un branle-bas de nettoyage rigoureusement inutile mais indispensable à sa dictature : « Nous ne sommes pas à La Tuilière, ici. Tout doit briller sous les meubles. Pas un grain de poussière ne m'échappe, tu le sais », répétait-elle sur les talons de Lison, la femme de chambre, qui se retenait aux tentures pour ne pas glisser sur le parquet outrageusement ciré. Ce lundi 6 novembre, levée à sept heures moins le quart, elle vérifiait devant le miroir de sa coiffeuse la fraîcheur de son visage quand un bruit de porte à l'étage inférieur la fit tressaillir. Avant d'appeler Lison et de lui demander des comptes, elle massa ses pommettes et ses joues avec un doigt de crème afin de paraître aussi jeune que « cette petite dinde » qui avait vingt ans de moins, puis elle tira avec vigueur sur le cordon torsadé qui traversait la cloison. Au bout d'une minute qui lui parut interminable et lui donna le temps de mordre trois fois sa lèvre inférieure, d'écarter de son cou un bouillon de dentelle et d'humecter sa gorge de parfum, elle jeta un regard redoutable à Lison qui venait d'apparaître, rose de confusion, les pieds joints, selon l'attitude d'une fille en bonne santé qui s'attend à des reproches pour en avoir pris l'habitude :

— Vous m'avez demandée, Madame la baronne?

— Quand cesseras-tu de poser des questions idiotes? Si tu es là, c'est que je t'ai appelée. Qui vient de sortir? Réponds!

— Monsieur le baron.

— Quel baron?

— Monsieur Antoine.

— Mon fils, alors. Il est sorti? Tu en es sûre?

— Je le crois, Madame la baronne.

— Il aurait pu me saluer. Mon hôtel n'est pas un moulin. Que dis-tu?

31

– Rien, Madame la baronne.

– Ta coiffe est de travers. On dirait que tu as passé la nuit dans une grange avec un freluquet.

Lison rougit, humiliée cette fois, et porta une main fébrile à hauteur de sa coiffe sans la toucher :

– Je ne connais pas de freluquet, répondit-elle en baissant les paupières mais d'une voix qui vibrait un peu.

Ce soupçon de révolte irrita délicieusement Hyacinthe qui préférait aux chiens couchants la compagnie des êtres fiers, plus intéressants à mortifier.

– Eh bien, mon déjeuner? répliqua-t-elle comme si la repartie d'une servante ne méritait pas d'être entendue.

– Je vous l'apporte, Madame la baronne.

– Attends! J'ai appris que tu avais parlé à M. Plauchut. Pourquoi?

– C'est lui qui m'a parlé. Il m'a demandé mon nom, mon prénom et d'où je venais.

– Et tu as répondu?

– Oui, Madame la baronne.

– Ce n'est pas ton rôle. Tu dois te contenter de lui ouvrir la porte, de le saluer et de le conduire jusqu'à moi si j'en manifeste le désir.

– Bien, Madame la baronne.

Lison sortit prestement, à pas feutrés, tandis que Hyacinthe se carrait avec humeur dans le fauteuil à poudrer, la tête renversée contre le dossier dont l'échancrure permettait à sa chevelure ambrée de ruisseler jusqu'au tapis : « Si ce vieux grigou s'avise de loucher sur des tendrons, je le jette à la rue... et la petite avec », résolut-elle en mordant sa lèvre inférieure pour la quatrième fois.

En réalité, le vieux grigou n'avait que quarante-six ans, mais, aveuglée par l'orgueil et le souci de dominer, Hyacinthe, plus jeune de sept, s'imaginait appartenir à une autre génération et le jugeait avare alors qu'il dépensait pour elle sans compter. La passion avait fait de Marcellin Plauchut un esclave heureux. Négociant en vins, grainetier, agioteur et banquier à ses heures, il avait oublié les chiffres un beau matin pour tomber sous la coupe et les charmes opulents, despotiques, écrasants de cette femme qui ne cessait de mépriser sa roture mais trouvait avantage à son allégeance pour trois raisons : riche d'abord, docile ensuite, capable enfin de lui faire l'amour sans fioritures mais avec beaucoup de souffle.

Lison posa le déjeuner sur la table de chevet, à portée de la coiffeuse, et la baronne eut un regard avide pour la chocolatière fumante en faïence de Varages et pour le confit d'amande et de cédrat servi dans une pâte feuilletée.

— Ne reste pas là! dit-elle, indisposée par le coup d'œil furtif de la servante, témoin de sa gourmandise. Occupe-toi de mon bain! Et n'oublie pas de verser une demi-pinte de lait dans la baignoire!

A peine Lison eut-elle fait demi-tour que la

33

baronne déchira entre les doigts un gros morceau de confit et l'enfourna dans sa bouche avec une rapidité inouïe. Elle but ensuite une longue gorgée de chocolat dont la brûlure crémeuse lui fit venir aux cils des larmes de plaisir, mais aussitôt – c'était toujours ainsi quand elle éprouvait une jouissance quelconque – des sentiments amers l'assaillirent par esprit de guerre : « Marcellin pourrait m'échapper comme l'autre... » L'autre, c'était Martial, son défunt mari, qui l'avait aimée avec dévotion et qui, à force d'être bafoué, avait fini par se détacher d'elle, se déprendre jusqu'à la mort, et cette défection dont elle aurait dû normalement se satisfaire ou s'accommoder l'avait, au fil des jours, déçue, contrariée comme un échec : « C'est à cause d'Antoine. Sans lui, Martial n'aurait jamais réussi à se détacher de moi », se dit-elle entre deux bouchées dont la dernière s'arrêta dans sa gorge. Le souvenir de l'affection profonde, qui unissait le père au fils et qu'elle qualifiait avec dédain de bourgeoise, envenimait à coups d'épingle sa mémoire et son orgueil. Jalouse d'Antoine, jalouse de sa jeunesse, jalouse de l'indifférence qu'il affichait devant elle ou feignait de lui manifester, elle ne pouvait songer à lui sans aigreur ni ressentir une douleur diffuse qu'elle refusait farouchement d'admettre. Elle avait reconnu son pas cette nuit mais s'étonnait avec acrimonie de n'avoir rien entendu ce matin. Pour faire si peu de bruit en se levant, il avait dû marcher pieds nus avant de s'éclipser dans l'escalier comme un larron : « Je comprends qu'il n'éprouve aucun plaisir à me rencontrer. C'est réciproque, d'ailleurs. Maintenant, s'il omet de me saluer, après avoir dormi sous mon toit, je trouverai le moyen de le confondre et de l'humilier. »

Hyacinthe avait tort d'envisager pareille éventualité. Antoine n'avait pas l'intention de quitter Aix sans lui présenter ses devoirs. Sa bonne éducation s'y opposait. Il savait en outre qu'une certaine politesse convenue désarme les natures agressives et les désoblige dans la mesure où elle les prive d'exercice. Mais il ne songeait pour l'instant qu'à profiter des conseils du notaire qui, simple travers ou malice, les truffait habituellement de commentaires au risque d'oublier l'intérêt pratique de son client pour se perdre avec lui dans les généralités. Régis Théaud avait hérité de son père, rue Rifle-Rafle, une étude cossue dont les revenus substantiels lui laissaient, à trente ans, l'esprit libre et le goût des idées avancées. Après avoir écouté Antoine avec la sollicitude d'un homme pressé de répondre et lui avoir donné sans conviction un avis sur le prix du terrain, une indication évasive sur le dégrèvement de la servitude de passage et plusieurs recommandations de routine débitées du bout des lèvres, il s'était philosophiquement intéressé à la personne du vendeur Victor Rebouillon : « Votre voisin appartient à cette catégorie de paysans qui n'ont pas l'intention de rester pauvres. La volonté de chicane leur permet de s'affirmer et de prouver qu'ils ne sont plus des serfs. Jaloux de leurs droits, ils regardent vers l'avenir, apprennent à vendre leurs produits avec industrie et se disent " marchands-laboureurs " comme d'autres se parent du titre de marquis. On ne saurait leur donner tort car la terre est la source première de toute richesse, du moins si l'on en croit ces messieurs de *L'Encyclopédie*. » Ce discours avait fait sourire Antoine en souvenir d'une réflexion de son père accessible aux lumières du siècle, mais réfractaire à l'esprit de système : « Sous prétexte qu'ils changent d'idée comme de cravate, nos docteurs de salon s'imaginent transformer le monde », ironisait Martial de Cherchery. A présent, Régis Théaud feignait d'étudier le plan du domaine de La Tuilière que venait de lui remettre Antoine. Penché sur le parchemin qui frémissait entre ses doigts et dont le dessin colorié le laissait indifférent, il ne songeait pour l'instant qu'à prolonger son exposé et confondre le scepticisme du jeune aristocrate : « Comprenez-moi, Monsieur le baron, dit-il soudain, ce Rebouillon me paraît un exemple, un symbole, le prototype de ces gens encouragés par les idées nouvelles et préoccupés d'exister à nos yeux, de forcer notre attention, la vôtre, je veux dire, celle des hommes de condition... » Antoine lui coupa la parole d'un hochement de tête et répondit sur un ton amène mais avec un rien d'impatience : « Qu'allez-vous chercher là ? Rebouillon ressemble à son père, matois, chicaneur comme ses aïeux et comme tout paysan de bonne race. Je présume qu'il se moque des idées nouvelles autant que moi-même des symboles. » Il tendit la main au-dessus du bureau pour reprendre le parchemin que le sieur Théaud lui abandonna sans réticence, distrait par la réplique qui lui brûlait la langue et qu'il lâcha tout à trac : « Mais non, voyons! Les hommes ne sont plus les mêmes quand les idées se renouvellent. On ne saurait nier cette loi de nature. » Il paraissait troublé, contrarié comme un enfant qui dit la vérité et que l'on refuse de croire. Antoine s'étonna de le voir rougir et se demanda quel motif inavoué pouvait le mettre dans cet état : « Un être si sage dans la vie, si bien protégé, si casanier, qu'a-t-il besoin de changement? Il est vrai que je ne lui connais pas de maîtresse. C'est peut-être la raison. » Soucieux d'arrêter la discussion, il poussa un soupir qui marquait un temps de réflexion et pouvait signifier une sorte d'accord, sinon d'approbation, et prit congé de son hôte sur un ton sérieux, lui donnant ainsi l'illusion d'être entendu.

Heureux de se retrouver à l'air libre, il se félicita de marcher d'un pas rapide, faisant craquer ses bottes et sonner ses talons sur les pavés inégaux. Rien apparemment ne le pressait, sinon peut-être le désir inconscient d'aller plus vite que ses pensées, de les précéder ou de s'en détacher en coup de vent. Au bout de la rue Rifle-Rafle, il s'arrêta brusquement devant le mur lézardé, décrépi qui longeait le jardin du couvent de Sainte-Claire, caressa la mousse qui recouvrait les pierres disjointes et murmura sans le vouloir : « Comme c'est doux! » pour secouer la tête aussitôt et reprendre sa marche accélérée.

Hyacinthe, avertie de son arrivée, réprima un frisson d'amour-propre et l'accueillit par : « Ah, tout de même! », assise et tournée résolument vers la fenêtre ovale du boudoir, un chat angora sur les genoux : « Je vous connais. Vous seriez capable de dormir sous mon toit et de partir comme un voleur », reprit-elle sans un regard. Il répondit froidement que cette hypothèse avait peu de sens car le baron de Cherchery, son père, l'avait bien élevé. Elle haussa les épaules et maugréa : « C'est votre opinion », étouffant ensuite un ricanement qui valait une insulte. Il chercha une réplique et n'en trouva aucune. La gorge sèche et les nerfs tendus, il se préoccupait énergiquement de paraître insensible et cet effort contre nature lui ôtait la faculté de penser. Comment aligner deux idées, deux sentiments cohérents devant cette Vénus de marbre, inhumaine et glacée dont il était le fils, héritier de son sang, de ses traits, de cette beauté qui lui faisait honte?

Elle lui demanda sur un ton méfiant s'il comptait passer la journée à Aix. Il répondit qu'il avait l'intention de partir sur-le-champ pour regagner La Tuilière et crut remarquer une infime crispation à la commissure de ses lèvres : « Elle est vexée de n'avoir aucune emprise sur moi », se dit-il et ce jugement arbitraire le rassura.

– La Tuilière! répéta-t-elle avec mépris. Comment un homme de bon sens peut-il vivre à l'aise dans ce terrier?

Il se contenta de sourire. Elle voulut savoir si Renaud de Saint-Pons l'accompagnerait et, sans attendre sa réponse, lui fit remarquer que ce « bourreau des cœurs » avait mauvaise réputation; on lui reprochait notamment de choisir ses conquêtes à tous les étages, de préférence au plus bas. Il serra les poings, affirmant qu'il s'agissait d'une rumeur infecte dont l'écho ne pouvait atteindre les honnêtes gens.

– Je l'entends bien ainsi, dit-elle avec douceur, mais il m'est désagréable d'apprendre que l'ami de mon fils plaît aux hommes, même si c'est une calomnie.

– Madame! s'écria Antoine avec un tel accent de colère que le chat angora quitta d'un bond les genoux de Hyacinthe et fila sous une commode. Madame, vous n'avez pas le droit... Tenez! Je préfère m'en aller.

Il lui tourna le dos et quitta la pièce, martelant le parquet à pas de grenadier, tandis qu'elle riait en silence, le feu aux joues, fière d'avoir marqué un point. L'indignation le poursuivit jusqu'à l'écurie et le fit piaffer devant Sultan qui l'observait de profil avec son œil d'agate à fleur de tête, tandis que Saturnin, le palefrenier arc-bouté, tordu comme un cep, resserrait les sangles de la selle : « Mère dénaturée! ruminait Antoine en donnant des coups de botte dans la paille. Démone jalouse de son ombre! » Il écarta Saturnin d'un geste affectueux pour ajuster la bride lui-même et prit plaisir à toucher la bouche du cheval qui répondit à ses caresses par de petits frissons électriques : « On s'aime bien, tous les deux! », lui confia-t-il en mettant le pied à l'étrier. Au carrefour de la rue Cardinale et du chemin de Saint-Maximin, il hésita, prêt à faire un détour pour saluer Renaud avant de quitter Aix. Il avait besoin de retrouver le regard clair de son ami pour oublier les allusions troubles de Hyacinthe, comme on a souci d'essuyer une tache de boue sur du verre ou sur de l'émail; mais la pensée d'arriver mal à propos, de trouver Irène de Lauze dans les bras de son amant, le fit renoncer à cette idée. Il pressa du genou les flancs de Sultan qui secoua son toupet en signe d'accord, dansa des quatre fers sous la porte Saint-Jean et prit spontanément le galop pour avaler la campagne.

Antoine se trompait. Loin d'Irène, à cent pas de l'hôtel de Belcodène, Renaud flânait sur le cours sans but apparent, ce qui ne lui ressemblait guère. Sous les ormeaux à demi nus, s'égrenait la foule oisive du lundi et le soleil d'automne, perçant les ultimes feuilles rousses à la pointe des branches, posait des taches d'or pâle sur les coiffes et les corsages. Renaud ne regardait personne, ne remarquait rien, même pas les œillades et les sourires du petit monde, qui d'ordinaire le mettaient en joie. Il ne songeait qu'à marcher, mettre un pied devant l'autre, satisfait de se mouvoir et de respirer l'air du matin. A cette heure, peu lui importait de savoir ce qu'Irène de Lauze pensait de lui. Par Baptiste il avait appris qu'elle l'avait attendu, la veille, de neuf heures à dix heures du soir. Le vieux domestique qui ne manquait ni de sagesse ni d'esprit avait ajouté sur un ton volontairement inexpressif : « sans manifester trop d'amertume ». Cette précision qui n'avait rien d'encourageant avait tout de même étanché les remords et derniers scrupules de Renaud. Il s'était réveillé au petit jour après une nuit d'inconscience qui lui donnait le sentiment d'avoir dormi de mémoire, dormi « par cœur ». Pourquoi s'était-il habillé si vite au saut du lit et quelle nécessité urgente le poussait à se promener en ville, une main sur le pommeau de l'épée, quand il n'avait, à sa connaissance, aucun projet ? Sur la place de l'Hôtel-de-Ville, devant la halle aux grains, il avait rencontré Grégoire de Lucet et Bernard Matheron, compagnons de fredaines qui recherchaient sa compagnie alors qu'il préférait, depuis un an, éviter la leur. Les deux lurons l'avaient entraîné rue Saint-Laurent à « L'Académie des Armes » tenue par le sieur Jauffred, sous-officier au visage tailladé, célèbre pour admettre dans son établissement des spectatrices de petite vertu. Renaud avait d'abord croisé le fer avec Lucet, mais, dès le premier assaut, une sorte de mollesse ou de désintérêt avait affecté son poignet que d'ordinaire surexcitait la vibration des lames. Au lieu de taquiner et d'enchanter son adversaire par de savantes manœuvres, il n'avait plus songé qu'à s'en défaire et sur un moulinet discourtois l'avait sèchement désarmé. Lucet dont l'épée venait de rebondir comme un ustensile sur le plancher l'avait félicité avec un sourire acide, sans écouter ses excuses débitées d'un air distrait. Bernard Matheron n'avait pas insisté pour se mesurer avec lui et s'était éloigné pour rejoindre une dame coiffée d'un bonnet à la Jeannot. Renaud avait aussitôt quitté la salle d'armes, pressé de retrouver la rue et d'aller de l'avant sans idée en tête.

Cela faisait cinq minutes, à présent, qu'il arpentait le cours par l'allée montante quand il décida brusquement de le descendre. Il arriva ainsi devant la fontaine des chevaux marins et s'arrêta, intéressé par l'eau dont le jet s'élevait vers le ciel gris-bleu, au-dessus du char de Neptune, et retombait en éventails irisés sur les coursiers de pierre. L'un d'eux qui retroussait la lèvre et dilatait les naseaux dans la vapeur ressemblait au poulain du marquis de Tallert et Renaud, ému par l'odeur aquatique, crut entendre la voix de Claire : « Bayard a les défauts que j'aime. » C'était la première fois, depuis la veille, qu'il pensait à elle et cette prise de conscience tardive l'étonna, mais comme à la différence d'Antoine il n'avait ni l'habitude, ni l'expérience, ni le goût des questions intimes, il se contenta de secouer la tête et d'essuyer d'un revers de main la buée venue de la fontaine et qui humectait son front. Une envie capricieuse le prit de regagner l'hôtel de Belcodène et de s'isoler dans une chambre pour relire ou feuilleter *Le Parfait Maréchal* de Solleysel. Baptiste qui guettait sa venue derrière la porte du vestibule l'avertit de la présence d'Irène au salon. Elle était assise au milieu de la pièce, les prunelles troubles, les mains sur les genoux à peine écartés, et tenait son jeune corps légèrement voûté comme une petite fille qui boude ; mais en reconnaissant le pas de Renaud, elle se leva d'un bond, les yeux étincelants, et redressa fièrement la taille à son entrée. Au regard aimable qu'il lui porta, elle comprit sur un affreux battement de cœur qu'il avait changé. Elle eut toutefois le courage de ne poser aucune question : « Je suis heureuse de vous voir », dit-elle simplement, et cette discrétion héroïque le troubla, le submergea de gratitude. Impatient de ne pas la décevoir, il la prit dans ses bras et c'est en la couvrant de baisers qu'il se fit violence pour l'aimer.

« On arrive, brigand ! » dit Antoine en flattant du plat de la main l'encolure de Sultan. Il venait d'apercevoir à l'horizon dans un rideau de lumière la montagne de Sainte-Victoire aux contours transparents, et, bien qu'il lui restât encore deux lieues à parcourir, cette image familière lui donnait l'émotion d'être déjà chez lui, de fouler sa terre, d'en respirer l'odeur. Il aimait sentir glisser au-dessus de sa tête le ciel liquide dont la clarté lui mettait dans l'âme des idées vagues et sublimes. Par exemple, il se réjouissait de retrouver la bibliothèque de son père et de se remettre à l'étude, d'approfondir les mystères de la connaissance et de la foi. Il se voulait amoureux de la sagesse et de la solitude comme on peut l'être à cet âge en se trompant de ferveur, et croyait entendre la voix de son mentor dont chaque inflexion sonnait juste : « L'automne à La Tuilière, mon fils, c'est l'âge d'or, la réussite d'une vie, la consolation de vieillir. » Emporté par la piété filiale, il lâcha brusquement l'encolure de Sultan et ferma le poing pour répondre à sa mère : « Ce que vous appelez un terrier m'a permis d'être ce que je suis : le contraire de ce que vous êtes! » Mais, aussitôt, le doute s'empara de lui : « Si j'étais vraiment différent de ma mère, mon père n'aurait jamais pris le soin de me prévenir, de me parler de la jalousie comme d'une maladie qui s'attaque à tout, qui détruit tout. » Il se jura sur-le-champ de combattre ce fléau, de l'étouffer dans l'œuf si par malédiction il en portait le germe, et ce serment de cavalier lui fit du bien.

Aux abords du carrefour de Lharmas, un lièvre fou traversa la route en trois bonds et plongea dans un fourré d'où jaillit un merle dont l'aile effleura la tête d'Antoine qui ne réagit pas. Saisi d'une raideur étrange, il regardait droit devant lui comme pour suivre une pensée ou s'en éloigner à tout prix. Sultan en profita pour marquer le pas, le nez tourné vers le chemin de sable qui menait au château du marquis de Tallert. Alors, Antoine, dents serrées, lui donna une claque sévère sur l'épaule et l'éperonna, pressé de l'entendre galoper très fort, comme on cherche à perdre la mémoire et le sentiment dans un roulement de tambour.

# III

L E marquis de Tallert était, de l'avis de son entourage, le moins tyrannique des hommes. Tolérant et respectueux de chacun, il savait imposer un choix ou donner un ordre sans humilier quiconque. Cependant il lui arrivait parfois, une fois l'an peut-être, de changer momentanément de conduite. Ainsi, ce dimanche 12 novembre, levé deux heures avant l'aube, il avait éprouvé le besoin de réveiller tout le monde et de répandre dans sa maison une effervescence anormale sous prétexte que Mme de Laplane devait arriver vers midi. Il en voulait à celle-ci d'avoir prolongé son séjour à Sisteron et de lui annoncer son retour par lettre au moment où il s'habituait à son absence : « Les femmes sont extraordinaires. Elles ont le génie de se rendre indispensables, quand on pourrait très bien s'en passer. » Ce raisonnement fallacieux le mettait dans un état de nerfs et d'agitation contraire à son tempérament. Il faisait craquer les serrures, claquer les portes, résonner le plancher sous ses talons, et ne pouvait supporter la vue de personnes ensommeillées. A Marion qui se frottait les paupières en allumant le fourneau de cuisine, il recommandait de ne pas disperser la cendre à terre et sur son tablier : « Je ne veux pas que Mme de Laplane trouve le désordre chez moi et s'imagine que tout va mal quand elle se tient à distance. » A Berthe qui bâillait en écartant de son nez une longue mèche de cheveux, il conseillait sur un ton trépidant d'aller se coiffer et de tamponner ses joues avec un mouchoir humide. A Claire qui, selon lui, paressait au lit, il demandait, sans entrer dans la chambre, de revêtir promptement une robe décente. Elle répondait, à travers la cloison, par un éclat de rire qui le faisait soupirer avec bruit.

A force de tourner d'une pièce à l'autre, il finit par s'arrêter, les sourcils froncés, devant la table de la salle à manger et par se laisser tomber sur une chaise. Marion pensa qu'il devait avoir faim et lui proposa un pâté de grives au marc, accompagné d'un fromage de Banon servi dans une feuille de châtaignier. Il n'accepta ni l'un ni l'autre mais réclama du vin de Palette et du bouillon de poule. Ce menu hérétique fit hausser les épaules de la servante qui posa un cruchon sur la table avec autorité et remplit un verre à ras bord : « Pour le bouillon, précisa-t-elle en bégayant de colère, Monsieur le marquis sera dans l'obligation d'attendre. » Renouvier, venant de la cour, entra dans la pièce et demanda s'il devait atteler, et comme le mar-

quis répondait sur un ton vif : « Évidemment! »,
l'intendant lui fit remarquer que la malle-poste
de Sisteron n'arrivait pas avant dix heures sur
la place des Prêcheurs.

— Et alors? dit le marquis.

— Alors, si nous partons maintenant, nous
serons à Aix deux heures trop tôt.

— Pourquoi dis-tu « si nous partons »? Je n'ai
pas l'intention d'aller avec toi.

Renouvier, narines pincées, étouffa un murmure. Il s'était réjoui de conduire le marquis à
Aix, car tenir les rênes de la calèche lui donnait
de l'aplomb et cette audace de bonne compagnie qui délie la langue. Il n'avait rien de particulier à dire à son maître mais considérait ce
court voyage comme une occasion de parler à
cœur ouvert, de lui montrer qu'un domestique
avait son idée sur tout, non seulement sur le
travail, mais encore sur la morale et sur la religion. Alors, la perspective de se retrouver seul
sur le siège de la voiture et de faire claquer le
fouet sans témoin causait à cet homme de cuir
une déception de jouvenceau. Il recula d'un pas
vers la porte et demanda à quelle heure il devait
partir. Le marquis vida son verre d'un trait,
répondit : « Maintenant, si tu veux bien! » et
sourit en songeant au dépit de Mme de Laplane
qui, juchée sur le marchepied de la malle-poste,
écarquillerait les yeux et le chercherait en vain
dans la foule sur la place des Prêcheurs : « Pour
me voir, il lui faudra venir jusqu'ici. Je l'ai bien
attendue, moi », se dit-il en écartant de son

esprit l'ombre d'un remords. Déjà le vin de Palette réchauffait sa gorge, tempérait sa fébrilité et lui prêtait des pensées folâtres. Quand Berthe, la chevelure en ordre sous la coiffe, apporta le bouillon de poule dans une soupière blanche, il regarda avec affection son derrière qui dansait avec fermeté sous la jupe de coton et se retint de cueillir ce fruit vert au passage.

La brûlure du bouillon sur la langue le fit sursauter en même temps que l'arrivée silencieuse de Claire vêtue d'une robe de laine cardée et chaussée de sandales de corde lacées sur les mollets nus. Cette tenue de paysanne qu'elle portait avec grâce le contraria. Il aurait souhaité la voir pomponnée, attifée dans la soie pour éblouir Isabelle de Laplane et la rendre jalouse : « Bonjour, mon père! » dit-elle sur un ton joyeux en balançant à bout de bras un panier vide. Il voulut savoir si elle comptait déjeuner avec lui. Elle répondit, sans marquer un temps d'arrêt entre les phrases, qu'elle avait bu un verre de lait à la cuisine et qu'elle était pressée de cueillir des chanterelles dans le bois de la Galinière. Ce disant, elle pirouetta comme une ballerine et sortit presque en courant, le laissant rêveur, insatisfait de lui-même : « Il y a des choses que je n'arrive pas à lui dire. On jurerait que je me gêne en sa présence. Cela n'a pas de sens. » Pour se tranquilliser il expliqua cet embarras relatif par la différence d'âge : « Quarante ans nous séparent. Mon langage pourrait la heurter. Elle est fragile, vulnérable sous son air enjoué » et refusa d'admettre qu'une enfant pût intimider un vieil homme bardé d'expérience et qui n'avait jamais baissé les yeux devant personne. Une question, cependant, ne cessait de le tourmenter : était-il si difficile de parler sérieusement à Claire, de prononcer à son intention les mots d'avenir et de mariage? Chaque fois qu'il s'apprêtait à le faire, elle avait une manière de le regarder en souriant qui le rendait ridicule comme s'il était lui-même prétendant : Henri-Charles de Tallert demandant la main de sa fille! Il est vrai qu'elle ressemblait à Marie-Christine, sa mère, qui avait le même âge le jour des noces.

Le marquis ferma les yeux pour retrouver le visage de Marie-Christine mais il ne rencontra que celui de Claire dans un brouillard qui le mit en colère. Il se leva, les prunelles troubles, et gagna la cour qu'il traversa d'un pas résolu pour entrer dans le jardin et s'arrêter devant la statue de Pomone dont la nuque si douce et l'épaule amoureusement taillées dans la pierre par Chastel lui rappelèrent ses émotions d'époux. Il avait commis à cette époque aux yeux de la mode une faute de goût. Un gentilhomme soigneux de sa réputation ne pouvait courir le risque d'être amoureux de sa femme, à moins de la prendre pour une maîtresse au cours d'un bal masqué. Mais Henri-Charles n'avait pas respecté les usages, incapable de dissimuler la passion que lui inspirait Marie-Christine qui, de son côté, ne partageait pas cet émoi et se contentait d'obéir à ses parents. Seulement, de semaine en semaine, de jour en jour, elle avait fini par s'éprendre de ce mari qui flambait si fort et lui témoignait tant de prévenance, le seul homme à sa connaissance capable de la regarder comme une maîtresse et de l'écouter avec l'attention que l'on accorde aux garçons. Alors, aujourd'hui, ce couple exemplaire, cité dans la ville d'Aix comme une bizarrerie, enchantait la mémoire du marquis, éveillant sa réflexion badine : « Il en est de la mode comme de la religion. Tout le monde fait mine de la suivre, mais faute d'être réellement pratiquée, elle est souvent cocue. »

Il s'écarta de Pomone, quitta le jardin et rencontra Pierrot à la porte de l'écurie. L'adolescent lui dit que Renouvier était parti avec la calèche et que Bayard s'agitait beaucoup entre les barres : « Il aurait des ascarides que cela ne m'étonnerait pas », ajouta-t-il pour se donner l'allure et le ton d'un homme de métier. Le marquis s'approcha du poulain qui mordait sa chaîne en frottant avec vigueur son nez au râtelier : « Ce ne sont pas des ascarides qui le travaillent, dit-il, mais le besoin de remuer et le souci d'attirer l'attention sur lui. Quand on est jeune, c'est ainsi. » D'un coup sec il arracha la chaîne aux dents de l'animal et lui caressa le dos en songeant à la visite d'Antoine et de Renaud : « Décidément, ces garçons me plaisent fort. Je n'arrive pas à les oublier. Cela fait plus d'une semaine que je souhaite en parler à Claire mais je retarde toujours le moment. » Bayard, après s'être calmé, renâcla pour montrer qu'il n'était pas tout à fait soumis et le marquis lui gratta le front en suivant son idée : « Il me semble que je préfère Renaud. L'autre est trop beau pour un mari, trop réfléchi. Je ne veux pas d'un gendre qui se pose sans arrêt des questions. »

Sur une secousse un scrupule lui traversa l'esprit : il avait oublié de donner à Marion ses instructions concernant le repas de midi. Il voulait que la chère fût d'une qualité exceptionnelle afin de prouver à Isabelle de Laplane qu'on savait vivre en son absence et que rien n'allait à vau-l'eau. Il rejoignit la cuisine d'un pas militaire et demanda à la servante penchée sur le fourneau ce qu'elle avait prévu : « Un civet de marcassin, répondit-elle sans se retourner, et une sarcelle bien grasse. » Ce programme parut le satisfaire et l'inquiéter en même temps à cause de la sarcelle qui ne méritait pas, affirma-t-il, de se dessécher au four. Marion fit volte-face et répliqua sur un ton de guerre qu'elle connaissait son métier et que la sarcelle plumée, lardée, attendrie dans son jus à la cuillère de bois, mijotait dans un poêlon de terre sous ses yeux; il n'avait qu'à regarder. Elle ôta le couvercle comme une cymbale en levant de l'autre main la cuillère à la manière d'un sceptre et déclara qu'il fallait être un sauvage pour enfourner un gibier d'eau. Son indignation réjouit le marquis qui la quitta sur-le-champ pour arpenter la cour, mais à peine eut-il fait dix pas qu'il rebroussa chemin et gagna sa chambre au premier étage avec l'intention confuse de changer de veste et de vérifier si sa perruque n'était pas de travers. Après avoir fermé la porte, il marqua un temps d'hésitation et porta la main à son front où perlait la sueur ; puis il se dirigea machinalement vers le lit, s'assit et se pencha pour regarder ses mains moites tandis qu'une douleur lui traversait la poitrine et cédait la place à une lassitude brutale qui l'enferma dans le sommeil.

Il fut réveillé en sursaut par Berthe qui frappait à la porte et s'écriait sans l'ouvrir : « Monsieur le marquis, la voiture est là! » Sans prendre le temps de boutonner son gilet ni de rajuster sa perruque, il se précipita dans l'escalier, pensant arriver à temps pour ouvrir la portière de la calèche, mais quand il apparut sur le perron, Isabelle de Laplane, encadrée par Marion et Renouvier, se trouvait déjà loin de la voiture. Elle pressa le pas pour le rejoindre alors qu'il allongeait le sien en se tenant bien droit afin de garder sa dignité : « Henri-Charles! » murmura-t-elle avec émotion. Il voulut poser la question convenue : « Avez-vous fait bon voyage? » et s'entendit prononcer :

— J'ai préféré vous attendre ici.

— Vous avez bien fait.

Il lui prit la main, l'éleva jusqu'à ses lèvres et la garda ensuite sous le menton. Ce faisant, il pensait : « Je me conduis comme un novice. Elle va se croire irremplaçable » mais, loin de le tracasser, cette réflexion lui faisait plaisir. Il venait d'observer qu'elle avait le teint frais, la bouche bien dessinée et jugeait que sa lourde maturité ne manquait pas de charme : « A mon âge, on a besoin de coussinets », songea-t-il en étouffant un petit rire. Elle le regarda de profil avec tendresse et le traita d'enfant, puis quelque peu étonnée de constater qu'il ne lui posait aucune question alors qu'elle gardait en tête les images et les cahots du voyage, elle entreprit de lui conter à pas mesurés comment la malle-poste partie de Sisteron, samedi aux aurores, n'avait mis que six heures pour parvenir à La Brillane, et cinq heures ensuite pour atteindre le relais du pont de Mirabeau où tous les voyageurs avaient bien dormi malgré le vacarme de la Durance en crue. Il marchait à ses côtés et souriait, trop préoccupé d'elle pour l'écouter, mais il eut l'étourderie, soudain, de laisser échapper une réflexion oiseuse : « Oui, c'est difficile. » Elle sursauta, interloquée : « Difficile! Mais de quoi parlez-vous? » Pris de court, il toussota d'un air niais et s'effaça sur le perron devant la porte ouverte : « Je vois, reprit-elle en entrant, que mes propos ne vous intéressent guère. » Il protesta de son attention, affirmant qu'il buvait ses paroles, et comme elle haussait les épaules, sans un regard pour la table de la salle à manger magnifiquement dressée, il avoua malgré soi, sur un ton impatient dont la rudesse le surprit : « Eh bien, oui, là, je suis distrait! Distrait par votre présence! » Il aurait souhaité se montrer plus explicite, lui dire par exemple qu'il était bien heureux de la retrouver mais qu'il lui fallait un peu de temps pour oublier le vide et les habitudes établis par son absence. Elle se contenta d'écarquiller les yeux en signe d'incompréhension, puis, choisissant de changer de sujet, elle félicita Marion d'avoir mis des fleurs sur la table quand l'arrivée précipitée de Claire l'interrompit au milieu d'une phrase. La jeune fille, armée d'un panier, entra dans la pièce en tourbillon, s'arrêta, le sourire radieux, devant Isabelle qui, d'un mouvement vif, l'attira contre sa poitrine pour l'écarter aussitôt avec douceur :

— Vous revenez de la forêt, dit-elle en désignant une ronce accrochée à la robe de laine cardée.

— Du bois de la Galinière, répondit Claire avec élan. Regardez ce que j'ai ramassé!

Elle lui montra son panier empli de chanterelles, puis le présenta à son père qui respira en connaisseur le parfum des champignons et se pencha ensuite sur la robe pour décrocher la ronce.

— Merci, murmura Claire.

Au cours du repas, il évoqua à l'intention d'Isabelle la visite d'Antoine et de Renaud, insistant sur leurs qualités et rappelant leurs propos diserts, puis se tourna brusquement vers sa fille et lui demanda ce qu'elle pensait d'eux. Claire en rougissant un peu déclara d'une voix unie qu'elle les trouvait aimables et que cela n'avait rien d'étonnant car lui-même était de cet avis. Cette réponse diplomatique déçut le marquis :

— Enfin, vous avez bien une idée, une préférence? dit-il en triturant un morceau de pain.

— A ma connaissance, aucune, répliqua-t-elle le souffle court mais sur un ton mutin. Dans mon souvenir, ils ne font qu'un.

Isabelle aurait voulu en savoir davantage. Son regard silencieux qui allait d'une bouche à l'autre était plus éloquent, plus impérieux qu'une question, mais Claire ingénument détourna la conversation sur le comte de Choiseul-Beaupré dont elle souhaitait entendre parler et sur la citadelle de Sisteron qu'elle brûlait de visiter. Isabelle, ravie que l'on s'intéressât à son frère, donna des nouvelles de ce gentilhomme qu'elle admirait en tant que femme sans le parti pris d'une sœur. A l'entendre, il alliait à ses qualités de gouverneur militaire celles d'un raisonneur de charme et d'un fin lettré :

— Bientôt, ironisa le marquis, vous verrez que nos grands capitaines rengaineront leur épée pour se battre à coups de langue entre deux traits de plume.

Isabelle, agacée, lui fit vertement remarquer que le comte de Choiseul-Beaupré n'avait pas le travers de parler au moment d'agir et que son épée ne courait aucun risque de se rouiller. Le marquis répondit qu'il n'en doutait pas une seconde et qu'il regrettait de l'avoir fâchée sur un malentendu : « Ma plaisanterie ne saurait viser votre frère que j'estime », précisa-t-il en posant une main conciliante sur son poignet.

Au dessert, Claire formula le souhait de se lever de table et de gagner sa chambre. Henri-Charles, attendri par le vin de Palette, lui donna cette permission distraitement, en caressant un verre. Elle quitta la pièce en deux bonds dans un envol de robe et revint quelques minutes plus tard bottée, culottée comme un cavalier, sous les yeux ébahis d'Isabelle qui ne comprenait pas comment on pouvait changer de tenue en si peu de temps. Ce qu'elle comprit encore moins fut le silence du marquis qui laissa partir sa fille sans autre explication qu'un sourire.

— Il faut la marier, dit-elle en reprenant ses esprits.

Elle vida d'un trait un verre de cassis, trop absorbée dans ses réflexions pour apprécier la liqueur, et ajouta en retenant sa voix :

— J'ai le sentiment qu'elle fait toujours ce qu'elle veut.

Henri-Charles la contredit avec embarras, répétant mot pour mot ce qu'il affectionnait de penser, que Claire était fragile, vulnérable et qu'il s'inquiétait d'aborder devant elle certains sujets, alors que quarante ans les séparaient. Isabelle émit un petit rire, répondit qu'il se méprenait, qu'il vivait dans le scrupule et l'illusion comme un adolescent, et conclut sur un ton ferme :

— Entre nous, mon ami, je ne crois guère à

la fragilité de Claire, encore moins à sa vulnérabilité.

Le marquis, pommettes colorées, détourna les yeux pour regarder fixement et sans intérêt la fenêtre qui donnait sur la cour. Isabelle avec une opiniâtre douceur reprit aussitôt :

— Parlez-moi plutôt de ces garçons qui sont venus en mon absence la semaine dernière. Je connais leurs familles de réputation, encore que mes lumières soient faibles du côté de Saint-Pons.

Le marquis brossa de mauvaise grâce un portrait sinistre du comte Ambroise qu'il dépeignit comme une sorte d'ermite bilieux, de momie desséchée par l'avarice et l'acrimonie; puis il fit allusion à la mère d'Antoine qui, selon lui, ne valait pas mieux.

— Vous savez, renchérit Isabelle, qu'elle a jeté le grappin sur ce rustaud de Marcellin Plauchut. Elle le ruine et le traite en esclave.

— Ne le plaignez pas! Il a choisi, rétorqua le marquis avec autorité.

Il ne croyait pas si bien dire. Exploité, trompé, humilié par sa maîtresse, Marcellin Plauchut ne regrettait rien et n'enviait personne. Cela faisait plus de trente ans qu'il menait une guerre acharnée contre ses confrères usuriers, banquiers, industriels ou commerçants, qu'il se méfiait de leurs paroles, de leurs gestes les plus anodins, qu'il déjouait leurs calculs et leur tendait des pièges pour finalement les gruger, les mettre sur la paille. Alors, il éprouvait, aujourd'hui, un soulagement indicible à ne pas lutter, à s'abandonner pieds et poings liés au gouvernement, aux caprices, à la tyrannie d'une femme, à dépenser pour elle sans compter. En adoration devant sa beauté, subjugué par l'autorité de sa chair opulente autant que par l'aigreur et la méchanceté de ses propos, il aimait fondre de désir devant elle et mendier le moindre sourire, la moindre caresse avec l'humilité d'un valet d'écurie. Hyacinthe le méprisait de toute sa morgue mais cette passion animale et cette docilité de chien couchant qu'il lui vouait convenaient à sa nature despotique et sensuelle. Elle ne cessait de lui reprocher ses origines, la rusticité de son langage, la lourdeur de ses manières, l'épaisseur de ses membres, de son cou. Elle affirmait en ricanant que son visage était taillé à coups de pioche dans une souche et qu'avec une tête aussi volumineuse que la sienne on n'avait pas le droit de porter perruque, sinon pour amuser les enfants. Cependant cette disgrâce roturière qu'elle vitupérait et tournait en ridicule l'attirait en secret. Après l'avoir vomie au grand jour, elle n'était pas fâchée de s'en approcher la nuit, de retrouver ce corps rugueux qu'elle griffait jusqu'au sang et qui lui arrachait des cris de bête.

Ce dimanche 12 novembre, au début de l'après-midi, il profitait du congé de ses employés pour inspecter ses entrepôts de la rue des Muletiers où foisonnaient dans un ordre méticuleux toutes sortes de marchandises sujettes à spéculation, du maïs ou du blé en cuve jusqu'aux billes de noyer, en passant par les poutrelles de fer, les lingots de cuivre, les sacs de sucre et de sel, les bocaux d'épices, les bonbonnes d'acide et d'alcool. Il préférait ces longues salles mal éclairées qui sentaient la sciure à son hôtel de la rue de la Grande-Horloge où il avait accumulé pour la frime des objets coûteux dont il n'osait se servir et des œuvres d'art qui ne l'intéressaient guère. Il attendait la visite de Grégoire Jaume, tapissier de son état et créancier de la baronne de Cherchery, et se proposait de payer la dette de celle-ci après en avoir discuté le montant qu'il se faisait un devoir de juger excessif. Il pensait que les liens étroits qu'il entretenait avec Gaspard de Lauze, président à mortier, lui seraient utiles en l'occurrence, car Jaume avait précisément affaire à ce magistrat pour un procès qui s'annonçait difficile. Il sourit en évoquant les vertus sociales du chantage en même temps qu'une réflexion récente de Hyacinthe. Effleurant d'un doigt dédaigneux ses cheveux laineux, elle l'avait traité de mouton. Persuadé que le temps travaillait pour lui, il se dit qu'elle finirait par l'aimer avec usure et se retourna d'un air grave sur Jaume qui venait d'arriver. Il le félicita d'être ponctuel, le fit entrer dans un compartiment cloisonné qui tenait lieu de bureau et le convia à s'asseoir devant une table massive, comparable à un coffre. Il ouvrit un registre, consulta une note, hocha sa lourde tête et murmura d'un air lugubre : « Trois cent cinquante livres! » mais changeant aussitôt d'attitude, arrêtant d'un geste vif, presque joyeux, la repartie de Jaume, il s'enquit aimablement de sa santé, de ses affaires, de son procès et lui transmit les amitiés du président de Lauze qu'il avait rencontré dans la matinée et qui ne jurait que par lui; puis il donna un coup de poing sur le registre ouvert et déclara qu'à moins de traiter avec un Allemand on ne demandait pas trois cent cinquante livres pour recouvrir quelques fauteuils. Jaume protesta avec véhémence : il s'agissait de douze fauteuils, de huit bergères et de trois canapés recouverts de tapisserie au petit point. Le prix demandé lui paraissait fort raisonnable :

— Ce n'est pas celui que l'on exige d'un ami, riposta Marcellin en le regardant dans les yeux.

A titre d'exemple, il précisa qu'il venait de prêter sans intérêt une somme importante au président de Lauze : « Mon seul bénéfice est de lui rendre service », affirma-t-il avec la sincérité d'un filou qui ment de tout son cœur. Jaume baissa la tête, tordit ses doigts d'un air malheureux et laissa entendre qu'il était disposé à faire un sacrifice. Alors, Marcellin prononça :

— Deux cents livres!

L'infortuné créancier frémit, gémit, fit mine de sortir et revint sur ses pas :

— D'accord! répondit-il avec un sourire navré.

Après son départ, Marcellin, satisfait d'avoir obtenu ce qu'il voulait, se réjouit d'annoncer à Hyacinthe qu'elle ne devait plus rien au tapissier. Puis il réfléchit au moyen de récupérer les deux cents livres versées, jugea que sa provision de maïs était insuffisante et résolut d'y remédier en dépêchant à Toulouse son contremaître Margaillan, accompagné d'un ouvrier qui conduirait la charrette. Le voyage aller et retour demanderait vingt jours et coûterait soixante livres pour le gîte et la nourriture aux étapes, mais cette dépense serait largement compensée par le bénéfice escompté. Le maïs acheté sur les bords de la Garonne se vendait le double en Provence et finirait par valoir le quadruple dans six mois quand le blé viendrait à manquer, ce qui semblait prévisible après une saison pluvieuse qui avait empêché les épis de mûrir. Marcellin eut une pensée narquoise pour Victor Rebouillon qui avait essayé d'acclimater le maïs sur sa terre de la Beyssane, en bordure du domaine de La Tuilière : « Notre climat ne vaut rien pour le grain turc. Il devrait le savoir. Mais comme tous les paysans, il n'entend rien aux affaires. » Marcellin Plauchut reniait ses origines avec l'arrogance d'un parvenu. Né à Cougourdon, près de Pourrières, il avait longtemps travaillé la terre sans éprouver pour elle le moindre attachement. Il s'était toujours senti étranger à ses ancêtres, différent de ses parents courbés vers le sol et qui économisaient des miettes, éloigné de ses frères qui méprisaient les citadins et de ses sœurs qui en avaient peur. Il avait impatiemment attendu d'être majeur pour tenter sa chance à la ville. Là, son absence de scrupules l'avait porté vers des métiers peu honorables comme vide-ordures à l'Hôtel-Dieu ou maquereau dans une auberge louche. C'est en prêtant sur gages à des aventuriers, des ivrognes, des piliers de tripot qu'il avait amassé son premier magot. Investi dans le commerce, cet argent malodorant avait décuplé, centuplé au point de sentir bon, excitant la convoitise des fils prodigues et provoquant la considération des familles ruinées qui veulent luire.

« Il n'entend rien aux affaires », répéta-t-il entre ses dents et par association d'idées il songea à Antoine de Cherchery que sa mère paraissait haïr : « Il s'est mis en tête d'acheter à ce croquant une parcelle de terrain qui ne vaut pas un liard », lui avait-elle confié, la veille, le dos tourné, sans attendre de réponse ni souffrir de commentaire comme s'il n'était qu'un meuble : « Et si je m'en mêlais ? » se dit-il. La pensée de circonvenir Rebouillon pour rendre service à Antoine l'amusa. En agissant ainsi, il ne manquerait pas d'exaspérer Hyacinthe mais, alors, l'irritation de celle-ci aurait le caractère intime d'une querelle de famille et vaudrait mieux que le mépris. Et puis Antoine ferait désormais attention à lui. Marcellin avait l'impression de ne pas exister devant ce jeune baron qui le croisait dans la rue sans le saluer, sans lui accorder le moindre regard ni lui manifester ce dédain ou cette indifférence ostensible que chacun préfère encore à l'ignorance. Il ferma les poings en souriant et murmura : « Cela changera. »

A cette minute, Antoine cueillait des beurrés d'Arenberg dans son verger. Il déposait l'une après l'autre les poires au fond du panier, ému par leur peau cuivrée, douce au toucher comme une joue d'enfant. Cela faisait une semaine qu'il s'occupait du domaine en se félicitant d'être actif, d'aider les domestiques, d'accompagner Cyprien Recous, son factotum, de la cave au grenier et de la grange à l'écurie. A dix pas de là, contre le mur envahi par le lierre, Cyprien faisait brûler des herbes sèches et des feuilles. La fumée odorante poussée par la brise refluait vers Antoine dont les gestes devenaient de plus en plus lents, de plus en plus méticuleux. Pour la première fois depuis huit jours il éprouvait la tentation de rêver, comme s'il lui manquait quelque chose. Hier encore, la solitude campagnarde lui donnait un sentiment de plénitude et de destin accompli. Aujourd'hui, elle lui semblait imparfaite, incapable d'empêcher le retour de la nostalgie et l'agitation encombrante du cœur. Le lendemain de son arrivée, Aurélie Gaillard, la femme du chirurgien-barbier de Puyloubier, était venue le trouver. Elle habitait le mas de la Tour, à une lieue de La Tuilière, et se rendait chez lui à pied quand son mari s'absentait. Antoine goûtait les commodités d'une liaison peu sérieuse qui avait le mérite de laisser la conscience en repos. Pourtant, ce jour-là, il n'avait pas permis à Aurélie d'être seule avec lui, comme s'il craignait de gâter une certaine ascèse, de compromettre une continence nécessaire à sa tranquillité d'esprit. Et maintenant, son imagination réagissait autrement. Il avait besoin de compagnie, sans préciser laquelle, travaillé par le désir confus, inespéré, de partager ces poires avec quelqu'un, avec quelqu'une, de les mordre et les regarder mordre, les sentir fondre dans sa bouche en même temps que sous les dents de l'autre, des dents petites et brillantes. Il cueillit un dernier fruit, se débarrassa du panier plein qu'il remit sans mot dire à Cyprien, gagna l'écurie d'un pas vif et s'arrêta devant Sultan, lui parla doucement. L'alezan brûlé répondit en secouant son toupet mais Antoine, en le caressant, ne trouva pas ce qu'il cherchait. Alors, il se tourna vers Faraude, sa jument favorite, et l'appela « ma fille » en posant la main à plat sur son dos. Il lui sembla que le poil flambait sous ses doigts tandis qu'une longue risée parcourait la robe fleur de pêcher : « Ah, Faraude, soupira-t-il, tu me comprends, toi! » et sans réfléchir il la brida, la sella, la promena dans la cour au pas de course, l'enfourcha d'un bond souple et prit la direction de Rians. Il était quatre heures de l'après-midi. Le soleil commençait à descendre, suivi à faible distance par une barre de nuages absolument horizontale, taillée dans une laine unie, d'un gris presque bleu. En sourdine et de tous côtés chantaient d'invisibles oiseaux et cette musique discrète, répandue dans les champs d'écho en écho, paraissait sortir de l'herbe fauve. Antoine observait les découpures de la montagne de Sainte-Victoire dont le roc prenait des tons de fer sur le ciel blanc. Il ne pensait à rien, insoucieux de l'ardeur de ses artères, de la chaleur anormale de son sang, et ne se préoccupait que de conduire Faraude avec sagesse, de bien mesurer son trot; mais soudain la jument, intéressée par le déboulé d'un lapin, broncha et s'écarta du sentier. Cela faisait plusieurs fois déjà que sous de futiles prétextes elle regardait derrière elle en direction de Lharmas. Et voilà que sans apparente raison, sans prendre le temps de la décision, Antoine tourna bride : « Après tout, qu'irais-je faire du côté de Rians? Autant revenir sur mes terres » et c'est ainsi qu'il rebroussa chemin. Cependant, arrivé devant La Tuilière, il poursuivit sa route, attiré au loin par des arbres que l'on devinait à peine. Il quitta le sentier rocailleux pour entrer dans un champ dont le sol meuble lui parut enchanter Faraude et ses sabots : « Allez, ma fille! » dit-il en piquant des deux. La jument bondit en avant, fière d'être ainsi traitée et de montrer ce qu'elle savait faire. Lui, sans décoller de la selle, surexcité par le galop dont les secousses harmoniques le pénétraient des chevilles à la nuque, reçut en pleine figure le vent de la course et ferma les yeux. Quand il les rouvrit, Claire, au bout du champ, chevauchait à sa rencontre.

Il n'en fut pas étonné mais ressentit un bien-être si profond que le souffle lui manqua. Il mit

Faraude au pas et, lorsque la jeune fille fut devant lui, il lâcha les rênes, comme s'il voulait avoir les mains libres pour sourire à l'aise. Il lui demanda où elle allait. Elle répondit : « N'importe où! » sans le regarder et ajouta en arrêtant ses prunelles sur les siennes : « Du même côté que vous, si ma compagnie vous agrée. » Il lui proposa d'aller jusqu'au domaine de La Tuilière qui n'était distant que d'une demi-lieue. Elle accepta sans hésiter comme si ce projet était le sien et Antoine réprima sur la bride un tremblement qui inquiéta la jument.

— L'autre jour, vous montiez un alezan brûlé, remarqua Claire.

— Sultan, oui. Aujourd'hui, j'ai préféré Faraude.

— Je comprends.

Il se dit qu'elle comprenait tout et s'en émerveilla durant une minute dense où, se taisant, ils écoutèrent le pas accordé de leurs chevaux. Elle voulut savoir ce qu'il pensait de Flambard, son bai brun. Il répondit qu'il le trouvait beau et le jugeait bon parce qu'il était marqué de feu au bout du nez. A peine eut-il précisé ce détail qu'il se sentit rougir et se confondit en excuses, s'accusa de manquer à tous les devoirs, d'avoir omis de lui demander des nouvelles de son père, et sans attendre sa réponse, ajouta d'une voix que la sincérité enrouait :

— C'est un homme qui m'a fait grande impression.

— Oui, répliqua-t-elle d'un air rêveur, il ne

ressemble à personne, et comme Antoine la regardait de profil avec une curiosité avide, elle reprit sur un ton allègre : Ce matin, il était dans tous ses états à cause de Mme de Laplane qui revenait de Sisteron. Vous connaissez Mme de Laplane?

— Ma foi, non.

— C'est une femme intelligente. Elle devine tout.

Antoine s'imagina que Claire avait des secrets, des sentiments à cacher et cette hypothèse ambiguë le troubla. Il ne se lassait pas d'admirer la souplesse et la fermeté de sa tenue si féminine en selle en dépit de sa culotte de cavalier et de sa cravate de laine qui flottait sur le casaquin à col montant. Devant le portail de La Tuilière, elle arrêta Flambard pour déchiffrer le blason gravé dans la pierre et dont le chef était chargé d'un soleil à dextre :

— A Lharmas, c'est un griffon, dit-elle. Mais le soleil vous convient mieux.

Dans la cour, Antoine lui présenta Cyprien qu'elle remercia d'un sourire quand il l'aida à mettre pied à terre.

— Venez! dit Antoine. J'aimerais vous faire goûter mes beurrés d'Arenberg.

Il s'effaça pour la laisser entrer et sitôt qu'il la vit devant l'escalier, bien campée sur ses bottes, il réalisa qu'elle était chez lui, dans sa maison et cette évidence l'éblouit.

— Montez! dit-il à mi-voix.

Il gravit les marches à son côté, si près d'elle

qu'il lui semblait percevoir l'odeur de ses cheveux blonds, noués en catogan. Au salon, il courut pour la faire asseoir, avança vers la cheminée un fauteuil monumental avec autant de facilité que s'il remuait un coussin. Inconscient de sa vigueur, il lui demanda pourquoi elle riait :

— Pour le plaisir, répondit-elle en le défiant du regard.

Il la pria d'attendre un petit moment, le temps d'aller chercher les poires et de prévenir Cyprien qui rallumerait le feu. Elle lui fit remarquer que la nuit tombait mais qu'elle n'était pas pressée. Il sortit dignement mais dévala l'escalier comme un fou pour se précipiter à la cuisine. Il se sentait capable d'enfoncer une porte, de déraciner un arbre, toutes les fibres de son corps tendues vers un seul but : ne pas la laisser seule, la rejoindre au plus vite. Mais à la cuisine il ne trouva pas le panier. Au cellier, non plus, dans les appentis pas davantage. Il pensa qu'au lieu d'avoir étalé les fruits sur une étagère, Cyprien les avait enfermés quelque part. Alors, il ouvrit fébrilement les placards, les coffres, la huche, la panetière, passant d'un local à l'autre au pas de charge, puis se jeta dans la cour, se dirigea d'abord vers le verger sans raison, ensuite vers la grange et tomba sur Cyprien qui en sortait :

— Les poires? Où as-tu mis les poires?

— Mais, Monsieur le baron, au salon, dans l'armoire.

Antoine regagna l'escalier en courant, fit irruption au salon et constata que le fauteuil était vide, la pièce aussi, de même que tous les angles des meubles et des murs, tous les recoins. Ce décor rigide, inhumain, lui fit perdre le sens commun : « Enfin, elle est là. Elle se cache! Claire! » Sa voix trembla, s'étrangla en prononçant ce nom pour la première fois. Il dévala à nouveau l'escalier, se précipita dans la cour, rattrapa Cyprien par un bras, lui empoigna l'autre :

– Où est-elle?

– Je ne sais pas, Monsieur le baron. A l'écurie, peut-être.

A l'écurie, Flambard avait disparu.

– Tout de même, s'écria Antoine, un cheval ne s'en va pas comme ça. On l'entend.

– Certes, répondit timidement Cyprien.

Antoine regarda le ciel violet qui envahissait lentement la campagne et commençait à dissoudre les arbres. Il ouvrit la bouche pour émettre un mot, un son, un soupir et se contenta de respirer l'air de la nuit qui lui serra étrangement le cœur.

## IV

DÈS que le président de Lauze s'éloignait du palais comtal, sa personne changeait d'aspect et de nature. A peine avait-il regagné son hôtel de la rue du Lévrier, ôté son épitoge d'hermine, quitté sa robe noire et accroché à une patère son mortier de velours cerclé d'or, que toute superbe et toute sévérité l'abandonnaient. Son menton s'affaissait sur la pomme d'Adam aussitôt noyée dans la peau, tandis que sa démarche s'amollissait et traînait des pantoufles. Entiché de procédure et carré dans sa chaire au prétoire, ce magistrat redouté des plaideurs devenait à la maison le plus timide, le plus innocent, le moins soupçonneux des maris. En âge d'être le père de son épouse, il avait à son égard des attentions de nourrice et s'inquiétait moins de ses sorties clandestines que de sa santé. Or, depuis une semaine, Irène perdait l'appétit, répondait aux questions d'une voix éteinte et se promenait sans but d'une pièce à l'autre, le teint hâve et les yeux cernés. Gaspard de Lauze dont la sœur cadette était morte, dix années plus tôt, d'une fièvre de langueur récurrente, se faisait d'énormes soucis. Il lui fallut beaucoup de courage, ce vendredi 17 novembre, à dix heures du matin, pour frapper à la porte de la chambre où sa jeune femme s'enfermait désormais pour dormir seule. Au bout de vingt secondes qui le firent trembler sur ses jambes, la porte s'ouvrit devant Irène en chemise, les paupières rouges, la chevelure éparpillée sur les épaules :

— Que voulez-vous? demanda-t-elle sans le regarder.

— Prendre de vos nouvelles, bégaya-t-il.

— Je vais bien, répondit-elle du bout des lèvres, sans lui permettre d'entrer.

Il poussa un soupir, avala sa salive et reprit un peu d'assurance :

— Pardonnez-moi, mais je meurs d'angoisse à votre sujet. Vous devriez consulter un médecin. Il le faut, mon amie. Donnez-moi la permission de l'appeler. Faites-moi cette grâce!

— Non, je ne suis pas malade. J'ai besoin de repos, voilà tout. Laissez-moi, je vous en prie.

— Mais...

— Laissez-moi! répéta-t-elle sur un ton exaspéré qui le glaça, et comme il n'avait pas fait un seul pas en avant, elle lui ferma la porte au nez, pressée de regagner son lit où elle s'assit, la chemise retroussée et les mains sur les cuisses, tracassée soudain par le remords de s'être montrée cruelle : Gaspard n'était pas un mari encombrant. Il ne regardait jamais à la dépense au moment de lui faire un cadeau, quitte à s'endetter pour elle. Récemment, Marcellin Plauchut lui avait prêté sur hypothèque une forte somme, et ce benêt n'avait même pas étudié le contrat. De mauvaises langues lui reprochaient, maintenant, d'avoir partie liée avec l'agioteur, d'avoir subi son influence dans le procès qui opposait Jaume, le tapissier, au viguier de Saint-Maximin. Irène se trompait en pensant qu'il souffrait de ce discrédit car, sincère et fort de sa réputation comme le sont tous les notables jaloux de leur conscience tranquille, il demeurait insensible aux rumeurs, persuadé de n'avoir subi aucune influence au cours du procès et d'avoir honnêtement servi la justice en donnant satisfaction à Jaume. Irène se promit d'être aimable avec lui, plus tard dans l'après-midi, et, délestée sur-le-champ de tout scrupule conjugal, retrouva la question qui rongeait sa conscience et ses nuits : pourquoi Renaud avait-il changé? Qu'il la trompât par caprice ou par indépendance faisait partie de son caractère mais ne pouvait expliquer sa conduite en l'occurrence. Son embarras n'était pas celui d'un libertin repu qui évite les caresses et redoute les effusions : « Sous mes lèvres et mes doigts, il ne refuse aucune émotion, mais on dirait qu'il regarde ailleurs et son sourire incertain me fait horreur. »

Elle tressaillit et serra les genoux sur une supposition atroce : « Et s'il aimait? » Elle l'imagina, penché sur une femme dont le visage res-

tait flou et cette vision lui arracha un cri :
« Qui? » Elle se leva, fit deux pas vers la fenêtre,
ferma les yeux et passa en revue toutes ses amies,
toutes les créatures aimables qu'elle connaissait
dans les parages et qu'elle commençait à haïr.
Aucune ne parut lui convenir. Alors, elle rouvrit les paupières, boutonna sa chemise et soupira : « Où est-il en ce moment? »

Renaud était dans sa chambre, rue de la
Croix-Jaune, et lisait une lettre que Baptiste
venait de lui apporter. De son écriture saccadée
dont chaque trait ressemblait à un coup de canif,
le comte Ambroise de Saint-Pons lui annonçait
que ses forces déclinaient et qu'il se préparait
à la mort. En conséquence, il désirait le rencontrer de toute urgence afin de régler « certains points litigieux » dont la solution lui per-
mettrait de « mettre la famille en ordre ».
Renaud froissa la feuille sèche entre ses doigts.
Cela faisait trois ans déjà que son père jouait la
comédie du vieillard à l'agonie, une manière de
tromper la solitude et l'ennui en débitant des
recommandations fielleuses : « Ma terre et mon
titre vont vous appartenir. En serez-vous digne?
Je ne veux pas quitter ce monde sans en être
persuadé. » Renaud se doutait bien que le comte
n'avait pas l'intention de préciser les « points
litigieux » auxquels il faisait allusion. Il se
contenterait de lui parler en termes évasifs d'héritage et de partage testamentaire avec les
enfants de son frère défunt, sans entrer dans le
détail, bien sûr, ni citer le moindre chiffre; puis

il lui conseillerait avec autorité de fonder un foyer et lui proposerait d'avantageux partis, choisissant de préférence quelques demoiselles dépourvues de charme. Enfin, il s'ingénierait à le blesser, évoquant avec malignité le passé ou posant sur un ton d'innocence des questions perfides sur le présent. Renaud faillit déchirer la lettre et se dit que la jalousie étouffait le vieillard : « Il ne tolère ni ma jeunesse ni ma santé. Pour lui plaire, il me faudrait cracher le sang. » Il se souvint brutalement de sa mère dont le comte avait usé, miné, tué la joie de vivre. A force d'être contrainte, brimée, soupçonnée à tort, torturée de questions et de sous-entendus, Laure-Adélaïde n'avait plus qu'une beauté de cire et des prunelles décolorées qui appelaient la mort. Renaud venait d'entrer dans sa quinzième année. Elle lui avait pris la main, l'avait serrée, enfermée dans la sienne pour murmurer avec fermeté : « Il ne faut pas le haïr, mais promettez-moi de ne pas lui ressembler. » Il avait répondu d'un trait, aussi vite qu'on tire une épée pour retenir ses larmes : « Je vous le jure, maman! »

Il roula la lettre en boule, la jeta sur le lit comme une pierre et se demanda pourquoi il existait des êtres comparables à son père, dont la seule vocation était de tourmenter ou d'endeuiller les autres. Cette pensée lui donna par association d'idées mauvaise conscience. Il s'accusa de faire souffrir Irène de Lauze et résolut d'entreprendre des prouesses pour la rendre

heureuse, sachant qu'il n'y parviendrait jamais :
« Mais à qui la faute si je l'aime moins? Je peux
disposer de mon corps, non de mon cœur. » Il
répéta mentalement : « A qui la faute? » et
la question resta sans réponse car il ne souhaitait pas s'interroger vraiment. Il ressentait un
malaise diffus comme celui d'avoir peur de l'évidence sans être lâche pour autant, mais à la
différence d'Antoine toute étude ou examen de
soi-même lui semblait une bagatelle, une niai-
serie : « On s'intéresse à sa propre personne
quand on n'a plus rien à faire sur terre, ni rien
à dire. » Une décision imprévue le divertit, l'en-
chanta : en empruntant la route de Rians pour
rejoindre son père au château de Saint-Pons, il
s'arrêterait à La Tuilière. Cela faisait plus de
dix jours qu'il n'avait pas rencontré Antoine.
Jamais auparavant les deux amis n'avaient
attendu si longtemps pour se retrouver. Renaud
éprouva sur un flux de sang l'impatience de
revoir son frère de régiment. C'était si clair, si
lumineux, l'amitié entre hommes : rire de
concert, à belles dents, à distance des femmes
et des vieillards!

Au moment de monter Junon que Fabret
achevait de seller, il se ravisa et choisit de se
rendre à pied rue Cardinale afin de vérifier si
Antoine n'avait pas regagné l'hôtel de Cherchery la veille ou dans la nuit. Il eut la surprise
en arrivant de ne pas trouver de domestique et
de tomber sur la baronne Hyacinthe qui, loin
de le toiser, l'accueillit avec emphase : « Voyons,

monsieur de Saint-Pons, où voulez-vous que soit mon fils, sinon à La Tuilière? Ce trou de blaireau lui convient. » Saisie par le besoin de prouver à l'univers qu'une femme de quarante ans pouvait encore émouvoir un jeune homme, elle étala tous ses charmes, joua de sa voix mélodique, de son corsage replet, de sa maturité plantureuse : « Quel plaisir vous me faites de venir jusqu'à moi! Vous êtes si différent des autres. Savez-vous que je me sens seule à force de recevoir du monde? » Elle insista pour l'inviter le jour même à souper : « Je n'ai convié que des intimes qui sortent de l'ordinaire : le marquis de Gallifet que vous connaissez, le comte de Valbelle et sa dernière conquête, Mlle Clairon, la comédienne, dont M. de Voltaire apprécie, dit-on, l'esprit décolleté. » Renaud trouva qu'elle singeait la cour de Versailles et son vocabulaire. Il répondit qu'à son grand regret il devait partir avant midi pour Saint-Pons où l'appelait son père malade. Hyacinthe, légèrement dépitée, changea de sujet : « Mon fils a de la chance de vous avoir pour ami. Je goûte fort l'influence que vous avez sur lui. » Elle esquissa un sourire et Renaud sentit qu'elle s'apprêtait à distiller une méchanceté : « C'est un rêveur inerte, un songe-creux sans volonté comme mon défunt mari », ajouta-t-elle sur un ton angélique. Renaud, piqué au vif, réagit aussitôt : « A la guerre, Madame, ce rêveur inerte avait assez de volonté pour mettre en déroute une escouade de uhlans. » Hyacinthe lui jeta un regard acéré : « Vous parlez en soldat. La société des gens civilisés ne se tranche pas à coups de sabre », articula-t-elle sans se départir de sa douceur. Il répliqua d'une voix bien timbrée : « Pour Antoine comme pour moi, Madame, la société n'est qu'un jeu. Elle ne vaut pas un coup de sabre », et cette repartie mit fin à leur entretien.

C'est avec soulagement que Renaud retrouva Junon. En selle, il ne songea, dès lors, qu'à sa monture, ne se souciant que de la bien conduire, de s'entendre avec elle, de lui proposer des allures en accord avec la route et le terrain. Quand il imprimait une tension à la bride ou qu'il effleurait de ses éperons les flancs de la jument, ce n'était pas un ordre qu'il donnait et Junon le savait. Aussi comprenait-elle immédiatement ce qu'il voulait et cherchait-elle à lui faire plaisir. Entre eux n'existait aucune règle d'obéissance, aucun principe de servitude. Ils ne faisaient qu'un seul corps et leurs têtes séparées prenaient des décisions communes.

Le soleil étouffé sous une mousse grise répandait sur les champs une clarté lunaire et le vent d'ouest qui sentait le marais sifflait à ras de terre, soulevait des cailloux, arrachait aux vignes leurs dernières feuilles couleur de sang. Renaud se réjouissait de voir le temps se gâter. L'inclémence du ciel lui faisait théâtre et lui permettait d'oublier l'ombre funeste de son père dont il se rapprochait. Comme on souhaite la guerre, il aimait l'orage et cette appréhension du ton-

78

nerre où chaque goulée d'air que l'on avale fleure la poudre de chasse. En attendant l'éclat des premières gouttes sur son front, il se félicitait d'être bien équipé, avec ses pistolets d'arçon à l'abri des fontes, son portemanteau carré derrière le trousseequin et contenant l'épée de Tolède, ses sacoches bourrées du nécessaire : tricoises, fers du Berry et médications vulnéraires. Au carrefour de Lharmas, il ne regarda pas à droite vers le chemin de sable et se mit à chanter sans raison une ballade qui datait du siècle précédent et que fredonnait sa mère :

> « *Elle avait des yeux charmants*
> *A damner les anges,*
> *Des yeux aux reflets changeants*
> *Pleins d'ardeurs étranges.* »

Quand il franchit à cheval le portail de La Tuilière, Antoine, au fond de la cour, lui tournait le dos. Préoccupé d'aider Cyprien qui réparait un pan de mur au mortier de chaux, il n'écoutait que le cliquetis de la truelle contre les pierres. Renaud s'avança jusqu'au milieu de la cour, la main à plat sur l'épaule de Junon afin de l'engager à mesurer son pas, mais le bruit discret des sabots sur le pavé ne pouvait échapper à Cyprien penché sur son auge : « Monsieur le baron, quelqu'un vient », dit-il sans remuer la tête. Antoine fit volte-face et poussa un cri de joie. Les deux amis s'embrassèrent avec élan, puis se dévisagèrent à courte distance en répétant chacun leur prénom : « Alors, Antoine? », « Alors, Renaud? » Ils échangèrent ensuite des réflexions banales et des questions dont ni l'un ni l'autre n'entendait les réponses. Par moments, ils éclataient de rire, un peu gênés de ne trouver rien à dire d'important. Leur embarras disparut spontanément quand Antoine demanda à Renaud s'il avait faim et que celui-ci répondit : « Parbleu! »

Au cours du repas préparé par Théréson et servi par sa fille Estelle, Antoine parla d'abondance, en se pressant, comme un plaideur qui redoute d'être interrompu. Il raconta par le menu détail ses activités de gentilhomme campagnard : les travaux entrepris en douze jours pour irriguer le verger, la réfection du toit de la grange et la percée d'une fenêtre à l'écurie : « Les chevaux ne sont pas des tonneaux. Ils ont besoin d'air et de lumière. » Renaud semblait lire sur ses lèvres, attentif davantage à ses mimiques qu'à ses paroles, mais Antoine s'accommodait de cette audience imparfaite et lui-même, en dépit de son ardeur loquace, n'était guère intéressé par son propre discours. Distraits par le bonheur d'être ensemble, ils se contentaient de boire sec et d'enfourner inconsciemment dans leurs bouches des aliments qui ne leur laissaient aucun goût. Au moment où Estelle se penchait pour poser sur la table une tarte aux airelles, Antoine, sensible à l'odeur acide de l'adolescente dont l'épaule avait frôlé la sienne, réclama des nouvelles d'Irène de

Lauze. Renaud répondit sans un regard et sur un ton inexpressif qu'elle se portait bien. Suivit un silence marqué par le pas léger d'Estelle qui regagnait la cuisine et durant lequel les deux amis vidèrent, chacun, leur verre d'un trait; puis, comme Théréson, serrée dans un tablier blanc, leur proposait sur un plateau une liqueur de prune, Antoine fit allusion à Bayard, le poulain que Renaud avait, douze jours plus tôt, magnifiquement maîtrisé :

— Ton adresse a frappé de stupeur le sieur Renouvier. Il faut avouer que tu m'as étonné.

— Dans ces sortes d'affaires, il faut se décider très vite, reconnut Renaud sans orgueil.

— Comme en amour, ajouta étourdiment Antoine.

Ils se regardèrent avec une jovialité contrainte et cette gêne leur paraissait d'autant plus insolite que naguère tout sous-entendu gaillard provoquait leur connivence hilare :

— As-tu revu le marquis de Tallert? demanda Renaud.

Cette question attendue et pour ainsi dire inévitable provoqua une réponse absurde d'Antoine : « Non, pourquoi? » à laquelle Renaud répliqua sur le même ton évasif et saugrenu : « Mais, pour rien. » L'anomalie de ces deux reparties troubla aussitôt Antoine comme la découverte d'une maladie. Il prit conscience de son incapacité de parler librement et de faire des confidences alors qu'il en mourait d'envie : « Enfin, Renaud est un ami, mon seul ami. Il faut bien que je me décide à lui raconter ce qu'il m'arrive... »

A la dérobée, Renaud surveillait l'horloge à balancier dont la cage portait un cartouche représentant des instruments de musique. Quand elle sonna deux coups, il se leva de table et déclara qu'il devait partir. Antoine, le cœur lourd d'avoir gardé le silence, l'accompagna jusqu'au portail et le regarda s'éloigner au petit trot sur la route de Rians; puis il rejoignit Cyprien au fond de la cour et lui conseilla de terminer au plus vite son travail à cause de l'orage qui menaçait. Le domestique affirma que le vent avait tourné et qu'il ne tomberait pas une goutte d'eau : « Tenez! Regardez! » dit-il en pointant le doigt vers une flaque d'azur qui déchirait les nuages. Antoine n'éprouva aucun plaisir à constater que le temps s'améliorait. L'instabilité des éléments le décevait autant que sa propre inconstance; il venait en effet de remarquer que le travail de Cyprien ne l'intéressait plus : « A quoi bon réparer ce mur? Il finira bien par s'écrouler. Tout se termine ainsi. » Mécontent de lui-même, honteux de se sentir futile, morose, cachottier : « Un honnête homme n'a pas de secret pour un ami », il se dirigea vers l'écurie avec l'intention de saluer Faraude et Sultan, de leur tenir compagnie, mais, arrivé devant la porte, il poursuivit son chemin jusqu'au milieu de l'aire et choisit de s'asseoir sur un rouleau de marbre qui servait à battre le blé. Alors, la question qui le tour-

mentait depuis dimanche le tarauda brutalement : « Pourquoi est-elle partie? » Un cortège
d'images syncopées défila dans son esprit comme
une eau qui miroite sur les pales d'un moulin :
Claire, assise dans le fauteuil, confiante, et lui,
ce butor, qui la quittait pour aller chercher des
poires. Son retour précipité. Le fauteuil vide.
La pièce vide. Personne au long des murs, dans
les coins, sous les meubles. Il se leva et se mit
à marcher aussi vite que la dernière fois, pressé
de revenir sur les lieux, de s'enfermer pour
retenir sa pensée, et quand il fit irruption au
salon, le fauteuil inoccupé tenait une place
énorme. Il posa les doigts sur le dossier et faillit
le caresser : « Elle était là et je ne l'ai pas tou-
chée. Cyprien a eu plus de chance que moi »,
songea-t-il en se rappelant que le domestique
avait aidé la cavalière à mettre pied à terre,
avait tenu sa main une seconde. Il l'imagina
assise à la même place, se souvint qu'elle avait
prétendu rire « pour le plaisir » et ressentit sur
les lèvres une brûlure au rappel de cette
réflexion étrange : « Si je lui étais indifférent,
pourquoi aurait-elle accepté de me suivre jusqu'ici? Et pourquoi serait-elle partie en cachette?
Elle a fui devant le sentiment que je lui inspire »,
se dit-il en joignant les poings sur sa poitrine,
mais à peine eut-il formulé cet espoir que le
doute l'assaillit, empoisonna ses rêves et
déchaîna sa colère contre lui-même. Il s'accusa
d'être un enfant, de se monter la tête, de se
repaître d'illusions et de chimères : « Elle n'a

peur de rien et n'agit que par curiosité, par caprice. Elle s'amuse de moi. » Il résolut de ne jamais chercher à la revoir et de l'oublier, quitta le salon en coup de vent et gagna la bibliothèque que son père avait tapissée de livres jusqu'au plafond. C'était là qu'il aimait à se réfugier par piété filiale, chaque fois que l'inquiétude inclinait au désordre ses idées et ses sentiments. Le spectacle des volumes reliés qui dégageaient une odeur de camomille lui rappelait les rares moments de tendresse et d'intimité partagés avec son père quand sa mère, par bonheur, s'absentait de la maison. Il s'approcha des rayons, déchiffra plus de vingt titres et s'arrêta finalement devant *L'Esprit des lois* dont Martial lui avait longuement parlé, trois ans avant sa mort : « Voyez-vous, mon fils, ce Montesquieu a beaucoup de talent mais il triche avec la logique. Il ne combat la monarchie absolue qu'à dessein de nous proposer un régime plus arriéré. C'est un archaïsme, en effet, que de souhaiter rétablir des privilèges qui datent de Philippe le Bel et dont personne ne veut plus. » Antoine prit le livre en main, se contenta d'en effleurer le dos orné de trois fleurons, le remit à sa place et retira de l'étagère *La Princesse de Clèves* qu'il avait déjà lu deux fois. La lumière commençait à décroître et ménageait entre le bonheur-du-jour et les sièges des zones d'ombre propices à la mélancolie. Intimidé par le silence austère qui régnait dans la pièce et que les volumes alignés sur les rayons en rangs serrés semblaient

84

réfléchir d'un mur à l'autre, Antoine avança une chaise vers la fenêtre, s'assit, ouvrit au hasard le roman de Mme de La Fayette et tomba sur cet aveu du duc de Nemours : « *D'ordinaire les femmes jugent de la passion qu'on a pour elles par le soin qu'on prend de leur plaire et de les chercher; mais ce n'est pas une chose difficile, pour peu qu'elles soient aimables; ce qui est difficile, c'est de ne pas s'abandonner au plaisir de les suivre, c'est de les éviter.* » Il faillit refermer le livre et murmura, le cœur serré : « Oui, c'est difficile », puis reprit sa lecture, interrompue dix lignes plus loin par un bruit de pas suivi d'un choc discret contre la porte : « Qui est là? » s'écria-t-il avec humeur. Cyprien entra et lui dit que la calèche de M. le marquis de Tallert venait de pénétrer dans la cour. Antoine se leva en sursaut, le croisa sur le palier, lui remit au passage le roman qu'il avait, par étourderie, gardé à la main, et se rua dans l'escalier.

Il ne ressentit aucune surprise en apercevant Claire à deux pas de la voiture, comme si cette présence inespérée correspondait à un programme. En revanche, il éprouva une émotion intense à la voir revêtue d'une robe car la soie bleue donnait une allure insolite à son corps, une grâce nouvelle à son visage, à sa chevelure éclairée par le soleil couchant. Aimanté par son sourire, il se dirigea vers elle d'abord, puis, reprenant ses esprits, obliqua vers Mme de Laplane et vers le marquis qui le pria de leur pardonner l'impromptu de cette visite. Il expliqua qu'ils revenaient de Puyloubier et qu'en route il leur avait paru décent de s'arrêter à La Tuilière : « Mme de Laplane brûlait de vous connaître, Claire et moi, de vous revoir. »

Antoine, heureux de se mettre en frais, distribua des ordres avec ardeur comme s'il recevait des souverains étrangers. A Thibaut, le palefrenier, il commanda de dételer les chevaux de la calèche et de les faire boire, à Cyprien d'éclairer avec un chandelier la partie sombre du salon, à Estelle d'allumer du feu dans la cheminée, à Théréson de préparer des fruits au sirop et de les servir avec des galettes d'amande, à Jean, le fils de Thibaut, d'aller chercher à la cave une dame-jeanne de vin jaune. Et quand ses invités furent confortablement installés, un verre à la main, il les écouta d'un air ravi, trop occupé à regarder Claire de profil pour s'attacher au sens des mots. Mme de Laplane l'observait avec une sorte de voracité. Visiblement, elle le trouvait à son goût, un peu jeune de caractère peut-être, mais ce n'était pas une tare : « Il a un nom. Il a du bien. Il est beau. L'addition suffit pour faire un mari. »

Le marquis parla de Renaud dont il gardait un excellent souvenir : « C'est quelqu'un qu'on n'oublie pas », précisa-t-il. Antoine l'approuva d'un sourire, comme si le compliment lui était adressé. Il surprit le regard de Claire arrêté sur ses lèvres et répéta avec fierté : « C'est quelqu'un qu'on n'oublie pas. »

— Vous me donnez une furieuse envie de le connaître, dit Isabelle de Laplane.

Elle allait ajouter un mot quand Cyprien vint demander conseil à son maître : Jean venait de se blesser en portant des pierres. L'une d'elles lui avait écrasé la main. Cyprien ne savait pas s'il devait nettoyer la plaie avec l'eau d'Alibour ou l'esprit-de-vin. Antoine s'excusa auprès de ses hôtes de devoir s'absenter un instant. Il n'avait pas terminé sa phrase que Claire lui demanda la permission de l'accompagner. Pris de court, il accepta tandis qu'Isabelle, déconcertée par cette privauté, jetait un coup d'œil circonspect au marquis.

Jean avait le même âge que Claire. Il écarquilla les yeux d'un air interdit car elle venait de le vouvoyer : « Vous devez avoir très mal », en examinant sa main tuméfiée dont la peau déchirée laissait dégoutter le sang et paraître les os. La conduite de la jeune fille avait proprement sidéré les quatre hommes et notamment Thibaut qui n'avait jamais vu une demoiselle s'occuper d'un domestique et lui dire vous. En arrivant en compagnie d'Antoine et de Cyprien, elle avait sollicité la faveur d'agir seule : « Ce n'est pas du travail pour les hommes. » Avec l'autorité d'une sage-femme, elle avait versé de l'eau d'Alibour sur la plaie et, maintenant, elle pressait sur celle-ci avec de la charpie imbibée d'esprit-de-vin :

— Ça fait mal, n'est-ce pas ? dit-elle.

— Un peu, Mademoiselle, balbutia Jean.

— Vous avez du courage. A votre place, je pousserais des cris.

— Oh, non, Mademoiselle. Pas vous!

La voix et les gestes de Claire semblaient si naturels qu'Antoine, à présent, ne s'étonnait plus de rien. Il la regardait sans bouger, sans parler, captivé par l'inclinaison de sa nuque et par ses cheveux d'un blond pâle. Quand elle eut savamment noué la charpie autour de la main blessée, elle releva la tête, se tourna vers Thibaut et lui dit que son fils guérirait vite, qu'il ne serait pas estropié. Thibaut voulut la remercier mais ne trouva pas ses mots assez vite. Déjà, Antoine parlait :

— Où avez-vous appris la médecine? demanda-t-il.

— Ce sont des choses que toutes les femmes devinent. Elles n'ont pas besoin d'apprendre, répondit-elle d'un air sérieux. Notez bien, il m'est arrivé de consulter dans la bibliothèque de mon père les œuvres d'Ambroise Paré. Ce n'est pas un auteur moderne mais il a du bon sens et je préfère le bon sens à la mode.

Antoine l'approuva d'un sourire et lui fit remarquer qu'Isabelle de Laplane et le marquis de Tallert devaient s'impatienter. Ils s'engagèrent de front dans l'escalier, elle, du côté de la rampe, relevant les pans de sa robe, lui, tout près, attentif à ne pas la frôler, à ne pas faire craquer ses bottes sur les marches pour mieux écouter à chaque pas le bruit de la soie. Il voulut plaisanter d'une voix un peu rauque :

– Vous êtes un soldat. La vue du sang ne vous effraie pas.

– Non. Le sang, c'est la vie.

Il ressentit une chaleur intense à la main gauche que Claire venait de prendre dans la sienne. Au même instant, arrêtée sur une marche, elle se serra contre lui, joue contre joue, pour s'écarter aussitôt. Le mouvement fut si vif qu'il n'eut pas le temps d'agir, de refermer les bras sur elle, ni de comprendre. Sa joue en feu lui tenait lieu de conscience. Il se ressaisit comme par miracle en regagnant le salon et se montra disert, éloquent même, à la différence de Claire qui gardait le silence avec le sourire. Il réussit par deux fois à faire rire Isabelle de Laplane qui le jugea homme d'esprit. En fait, étourdi par une sorte de bourdonnement intérieur, il n'entendait guère ce qu'il disait. Tout ce qu'il voyait lui paraissait neuf, différent de naguère. Les fauteuils n'étaient plus de vulgaires fauteuils. Les murs n'étaient plus des murs et le feu dans la cheminée brillait davantage qu'un feu.

– Dimanche, dit le marquis, nous donnons une petite fête pour l'anniversaire de Mme de Laplane. Venez à la nuit tombée. Vous nous ferez honneur.

– Je viendrai, répondit Antoine.

Il trouvait, tandis que l'ombre envahissait la pièce, que les reflets dansants projetés par les flammes donnaient aux visages une infinie tendresse, que les rides d'Isabelle de Laplane

avaient une douceur particulière et que le marquis de Tallert ressemblait à son père. Il n'avait
pas besoin de penser à Claire ou de la regarder.
Elle était sa présence.

# V

ANTOINE ne songeait qu'à fuir, disparaître, échapper à cette fête qui n'était pas la sienne. Il ne regardait personne en particulier, souriait du bout des lèvres et répondait aux questions sur un ton de politesse affectée, gêné par l'apparat de son gilet de chasse orné de deux sangliers brodés au fil d'or : « J'aurais dû venir en tenue d'officier avec mes vieilles bottes. » Vingt cravates de dentelle, vingt robes en corolle se pressaient autour du buffet. On remarquait le comte et la comtesse de Choiseul-Beaupré, arrivés la veille de Sisteron, le viguier de Saint-Maximin et Jeanne de Courson, son amie de cœur, le beau-frère du marquis de Tallert, Théodore de La Roquette, son épouse Marguerite et sa fille Clotilde, talonnée par un chevalier servant aux sourcils roux, enfin un couple singulier que le marquis surnommait « Le Donjon et sa gelinotte » : un colosse en habit de velours vermillon, nanti d'une petite femme dodue qui s'ébrouait en caquetant. Antoine jugeait factice la gaieté de tous ces gens, insincères leurs propos affables et leurs sourires. Envahi, possédé depuis vendredi soir par l'image de Claire, il était venu à Lharmas, affamé de sa présence, ignorant le reste du monde, oubliant de penser qu'il ne serait pas seul. A son arrivée dans la cour du château, il avait croisé des voitures et des cavaliers, tandis qu'un bourdonnement joyeux s'échappait de la porte d'entrée éclairée sur le perron par deux torchères. Le marquis l'avait accueilli avec chaleur, Isabelle de Laplane avec enjouement, Claire avec un regard sans éclat et dont la fugacité l'avait blessé. Absorbée par ses invités, elle allait de l'un à l'autre comme un feu follet, prenant plaisir à faire tourner sa robe et trembler ses rubans. Cette innocente coquetterie avait mortifié Antoine aveuglé par l'intolérance de la passion. Il s'était défendu de l'observer à la dérobée, de lui prêter la moindre attention, de s'approcher d'elle, de lui parler. Mais, tout à l'heure, au détour d'une table, il n'avait pu éviter sa rencontre. Alors, sur un ton qui se voulait narquois, il avait dit d'une bouche sèche : « Quelle belle fête, Mademoiselle! Une réussite! » Elle avait répondu en rougissant : « Mais oui, monsieur de Cherchery, pourquoi pas? » et lui avait aussitôt tourné le dos. A présent, sa décision était prise : partir sur-le-champ sans fournir de prétexte. Il se faufila entre les groupes, prit congé d'Isabelle de Laplane et du marquis de Tallert qui marquèrent un étonnement discret mais ne cherchèrent pas à le retenir. Sur le perron, il sentit qu'on le suivait des yeux. Une folle envie le prit de se retourner, mais il résista avec fièvre, attiré par Sultan qui n'attendait que lui.

Il chevaucha, genoux serrés, jusqu'à La Tuilière, exaspéré par le mistral qui brûlait ses paupières et attisait les étoiles dans le ciel de verre noir. Entre deux galops, il fit le serment de ne jamais retourner à Lharmas et d'oublier Claire comme on guérit d'une maladie : « J'étais si tranquille avant, si dispos. » Il arracha dans l'escalier sa cravate de dentelle, ôta et dispersa aux quatre coins de la chambre sa veste, sa culotte de satin, ses souliers à boucles, son gilet brodé, s'allongea brutalement sur le lit et ferma les poings pour ne s'endormir qu'au petit jour.

Un rayon de soleil venu de la fenêtre le réveilla deux heures plus tard. Il se leva avec humeur, appela Théréson et réclama du café. La servante répondit sans se presser : « Tout de suite, Monsieur le baron, mais le petit Joseph vous attend. » Joseph Rebouillon, un gamin de onze ans, avait le menton en galoche et le regard têtu de son père. Antoine s'habilla à la diable, le rejoignit dans la cour et posa la main sur sa tête :

— Alors, Joseph, tu veux me voir ?
— Non, c'est mon père qui veut.
— Il n'avait qu'à venir ici.

L'enfant ouvrit la bouche sans répondre et

Antoine promit de se rendre à la ferme de la Beyssane dans l'après-midi.

Victor Rebouillon, âgé de trente ans à peine, doté d'une vigueur physique peu commune, aimait à dissimuler ses impatiences et ses appétits sous une pondération de vieux sage. Il reçut son voisin avec gravité, tel un patriarche satisfait d'afficher sa famille au complet. Sa femme Clarisse étrennait pour la circonstance une camisole de lin. Elle souriait, les yeux baissés, et surveillait jalousement sa couvée : Joseph, Amédée, Florentin, Théophile, alignés par rang de taille, et Rosalie, la benjamine, accrochée à sa jupe. Cet accueil cérémonieux divertit Antoine de ses tourments amoureux. Il se réjouit de penser que Rebouillon avait des propositions à lui faire concernant le terrain du Collet, mais il savait que le « marchand-laboureur » le ferait languir un bon moment avant d'en venir là. Aussi se résigna-t-il à parler de la pluie et du beau temps selon les convenances agrestes :

— Ce mistral dessèche tout.

— Tout, la terre et les bêtes! renchérit Rebouillon.

Il affirma que les poules ne pondaient plus et que les chèvres énervées ne donnaient que quelques gouttes de lait. Antoine hocha la tête d'un air austère. Il n'éprouvait aucune difficulté à imiter son hôte, à lui ressembler, d'abord parce qu'il respectait les rites de la campagne et qu'une certaine lenteur l'apaisait,

94

lui faisait du bien, ensuite parce que ces ater-
moiements, cette pudeur préalables à toute
discussion sérieuse lui semblaient une conduite
civilisée, une politesse étrangère au réalisme
expéditif des citadins. Rebouillon le pria de
s'asseoir et demanda à Clarisse de leur servir
du vin blanc. Antoine jeta un regard expert
sur les murs chaulés, sur la marmite de fonte
pendue à la crémaillère dans la cheminée et
rôtie par un feu clair, sur le lit à quenouille
serré entre la bonnetière et le vaisselier. Il
appréciait cet intérieur rustique et le dit à sa
manière : « On se sent bien chez vous. »
Rebouillon, sensible à l'éloge, lui fit remarquer
que, du temps de son père, aucune cloison ne
séparait l'appartement de l'écurie et ce souvenir d'enfance parut l'émouvoir. Il dit que
vivre au milieu des animaux n'était pas chré-
tien, répéta deux fois : « Voilà! » et fit d'un
coup d'œil comprendre à Clarisse que sa présence n'était plus nécessaire. Elle sortit immédiatement, poussant devant elle les enfants ravis
de recouvrer leur liberté. Un silence méditatif
s'établit et Antoine se demanda s'il devait parler le premier, mais Rebouillon se plaignit à
nouveau du mistral et de la sécheresse : « Une
calamité, Monsieur le baron! », puis, sans transition, déclara qu'il était disposé à vendre le
terrain du Collet pour la somme de trois cents
livres. La surprise d'Antoine fut telle qu'il dut
serrer les mâchoires avec force pour retenir
une exclamation. Au cours d'un entretien pré-

cédent, le « marchand-laboureur » avait parlé de quatre cents livres à condition de garder un droit de passage et de pacage pour ses chèvres et ses moutons, et voilà qu'aujourd'hui il semblait ne faire aucune allusion à cette servitude. Antoine, reprenant ses esprits, voulut s'en assurer : « Trois cents livres, net? Sans obligation ni contrainte? » demanda-t-il. « Net! » répondit Rebouillon d'une voix rude et, sûr de son accord, il lui proposa de rencontrer le notaire demain.

Antoine regagna La Tuilière d'un pas vif. La satisfaction d'avoir réglé cette affaire à des conditions avantageuses, inespérées même, le laissait perplexe : « J'étais prêt à donner cinq cents livres. Il le savait. Pourquoi me fait-il ces largesses? »

Il ne devait pas tarder à l'apprendre. Mardi 21 novembre, en fin de matinée, Régis Théaud le retint dans son étude après la signature de l'acte : « Rebouillon, lui confia-t-il, ne peut rien refuser à Marcellin Plauchut qui, selon toute vraisemblance, aura fait pression sur lui pour vous être agréable. » Antoine fit la grimace et s'écria que cette explication n'avait aucun sens : « Pour quelle raison Marcellin Plauchut se mêlerait-il de mes affaires? Je ne l'ai jamais rencontré. Il n'a aucun service à me rendre. » Il frappa du poing sur la table et ajouta qu'il ne tenait pas à le connaître, que ce genre de personne ne l'intéressait pas : « Mais lui s'intéresse à vous », répliqua le notaire.

Antoine rentra chez lui, fort mécontent. Il regrettait d'avoir signé le contrat et d'être propriétaire d'un terrain dont il devait l'acquisition à l'amant de sa mère. En fait, il en voulait d'abord à celle-ci : « Il faut toujours qu'elle abîme quelqu'un ou quelque chose. » La Tuilière était le domaine privé d'Antoine, son refuge. Il ne pouvait supporter que Hyacinthe s'en occupât, qu'elle intervînt par le truchement d'un homme vulgaire, de cet agioteur aux calculs tortueux. C'était comme une tache sur la mémoire de son père. Et brusquement, incapable de tenir en place dans la maison, il se mit à parler entre ses dents, à débiter avec rage toutes sortes de banalités et de sottises sur les femmes en général qui, selon lui, se faisaient un devoir de tourmenter les hommes et de rendre leur vie infernale. En passant devant un miroir, il remarqua que son visage était rouge et s'étonna d'être si nerveux : « Après tout, se dit-il, si Marcellin Plauchut s'intéresse à moi, ce n'est pas un drame. Et si ma mère tire les ficelles, elle en sera pour ses frais. Je méprise ses manigances. » Déjà, ce n'était plus à sa mère qu'il pensait, ni aux femmes en général, mais précisément à Claire, jaillie des replis de sa conscience où elle n'avait jamais cessé de le tenir en haleine même quand il traitait d'une affaire sérieuse avec un homme aussi peu distrait que Rebouillon. Au fond, quelle importance pouvait-on accorder à ce bout de terre du Collet quand on se souvenait

97

jour et nuit du visage de Claire, de la pression de sa main, de la chaleur de sa joue : « Je me moque de tout, sauf de savoir si elle se moque de moi », dit-il à haute voix. Certaines réflexions ressemblent à des ordres et mettent le feu aux poudres. Antoine se précipita à l'écurie, sella, brida Faraude en un tournemain, l'enfourcha d'un bond et piqua des deux sur la route d'Aix, poursuivi par le mistral et par des tourbillons de poussière. Au lieu de prendre à gauche le chemin sablonneux de Lharmas, il coupa à travers champs pour aller plus vite, giflé à toute volée par le vent glacé qui arrachait au passage des balles de folle avoine et des brindilles. Renouvier qui l'avait entendu venir l'arrêta dans la cour du château et lui dit que le marquis de Tallert s'était rendu à Aix pour ne rentrer que le soir. Antoine, le cœur battant, répondit qu'il souhaitait présenter ses devoirs à Mme de Laplane. L'intendant lui fit remarquer que c'était impossible car Mme de Laplane avait suivi M. le Marquis. Antoine n'osa pas lui demander si Claire les accompagnait. Il se sentit rougir, se raidit sur la selle comme un chevalier de carton et finit par lâcher d'un trait : « En somme, il n'y a personne. » Renouvier le dévisagea calmement et répliqua : « En effet, mademoiselle Claire est partie avec eux », puis il ajouta sans intention ironique : « Vous ne trouverez ici que les domestiques. »

Antoine regagna La Tuilière, la mort dans

l'âme : « Je ne saurai jamais ce qu'elle cherche avec moi, ni ce qu'elle veut. » Il baissait la tête pour affronter le mistral qui ébouriffait la crinière de Faraude et ce désordre augmentait son désarroi : « Depuis que je l'ai rencontrée, le temps se détraque et rien ne va. » En vue de la Beyssane, il croisa à distance et sur un chemin parallèle Rebouillon qui conduisait un fardier chargé de billes de chêne. Il le salua de la main et l'autre ôta son chapeau de laine. Antoine lui trouva l'air soucieux : « Je suppose, se dit-il, qu'il regrette ce qu'il a signé ce matin. »

Victor Rebouillon ne regrettait rien. Ce droit de pacage qu'il revendiquait naguère sur le terrain du Collet n'avait d'autre intérêt ni d'autre objet dans son esprit que de faire monter les prix. En réalité, les chèvres et les moutons préféraient brouter ailleurs et la parcelle ne valait pas les trois cents livres demandées. Bien sûr, on aurait pu facilement obtenir deux cents livres de mieux mais il était plus avantageux de faire plaisir à Marcellin Plauchut. En obligeant un homme aussi entreprenant, on faisait un placement bénéfique. Grâce à lui, désormais, on pourrait écouler au meilleur prix avoine, blé, lentilles, amandes douces. Non, Victor Rebouillon ne regrettait rien. S'il paraissait soucieux, c'était pour d'autres raisons. L'idée que le jeune baron de Cherchery venait d'agrandir son domaine sans travailler lui gâtait l'humeur : « Il ne fait rien de ses dix doigts. Il rêve. Il a le temps de courir après les jupons. Si je vivais comme lui, je coucherais encore au milieu des bêtes. Le progrès, je le dois à mes mains. Mais ces gens-là sont différents de nous. L'héritage décide de leur avenir qui est tout tracé. Ils n'ont rien à gagner, rien à conquérir. Je ne les envie pas. » Victor Rebouillon n'enviait personne, en effet, ce qui ne l'empêchait nullement d'être jaloux de son voisin.

La nuit, Antoine fit un rêve singulier. Il poursuivait une biche dans la forêt mais son cheval irrité par des fourrés d'épines et gêné par des branches basses lui obéissait mal. La biche bondissait à dix pas devant lui et s'arrêtait de temps à autre comme pour l'attendre ou le narguer. Il cherchait ses pistolets d'arçon mais les fontes étaient vides. Il ne trouvait pas non plus son épée et mettait pied à terre car le cheval refusait d'avancer. La biche se laissait approcher mais changeait d'allure à vue d'œil. Elle avait maintenant des cheveux blonds et son corps n'était plus celui d'un animal. On devinait sous le poil des taches de chair rose qu'Antoine voulait toucher, effleurer seulement, mais ses bras demeuraient inertes. Il se réveilla en sueur, la bouche entrouverte, le ventre en feu : « Il me faut une catin. C'est la seule chose dont j'aie besoin », se dit-il, soucieux de rabaisser ses désirs. Le vent sifflait sur les tuiles, faisait craquer les vitres et les murs comme la coque d'un navire. Dans le cadre de la fenêtre, le ciel paraissait vide à force de mouvement, incolore et sans vie. Antoine décida de s'enfermer dans la bibliothèque, mais à peine eut-il ouvert à la première page *Le Roman comique* qu'il s'arrêta à la treizième ligne : « *Le poulain allait et venait à l'entour de la charrette comme un petit fou qu'il était.* » Il referma le livre, les yeux mi-clos, pour retrouver de mémoire la voix et l'intonation de Renaud : « Je les connais, ces petits fous », et se mit à rêver avec âpreté, hanté par le souvenir de Bayard qui caracolait sans surveillance à travers champs. C'était le caprice apparemment innocent de cet animal qui l'avait conduit jusqu'à Claire : dimanche 5 novembre, à la tombée du soir. Antoine avait le sentiment inavoué d'une date fatidique, persuadé que les dix-sept jours, qui avaient suivi, étaient plus denses, plus mouvementés, plus décisifs que ses années de guerre. Il éprouva le besoin de marcher pour donner de l'espace à ses réflexions intimes, posa sur un guéridon le roman de Scarron et gagna la pièce attenante où s'alignaient les collections de son père. Il aimait naguère regarder à la loupe, toucher, caresser, soupeser ces pierres et minerais bizarres, notamment les cristaux de roche qu'il exposait au soleil pour assister à la décomposition de la lumière, ou bien encore les pyrites sulfureuses plus éclatantes que l'or et qui lui donnaient l'impression d'être riche. A propos de celles-ci, Martial disait qu'elles étaient probablement la cause du feu souterrain et l'origine des eaux chaudes. En revanche, il se moquait des savants qui appelaient les bélemnites « pierres de tonnerre » sous prétexte qu'elles se formaient dans les nuées et tombaient avec la foudre : « A mon sens, affirmait-il, ce sont d'anciennes bêtes, des sortes de limaces coniques que le temps a pétrifiées. » Antoine, aujourd'hui, méprisa les cristaux de roche, les pyrites sulfureuses et les bélemnites. Il n'eut pas un regard, non plus, pour les améthystes, les cornes d'Ammon ou le gypse en fer de lance, mais s'arrêta devant la « conque de Vénus », attiré par un souvenir d'enfance d'une précision anormale. Il avait onze ans et venait de lire dans le *Dictionnaire d'histoire naturelle* de M. Valmont de Bomare : « *Le devant de la coquille dévoile souvent à des yeux indiscrets et profanes l'image d'un objet dont la possession n'est réservée qu'aux favoris de l'amour.* » Le mystère de cette phrase l'avait troublé de manière étrange et, plus encore, le commentaire suivant qui avait éveillé dans son corps impubère une fièvre inconnue : « *Les lèvres de cette coquille sont quelquefois garnies, du côté de la charnière uniquement, de deux rangs de piquants plus ou moins forts et allongés, c'est alors le symbole de la pudeur et de l'innocence. Lorsqu'elle est sans épines, on lui donne le nom de gourgandine.* » A force de relire ce texte, Antoine l'avait retenu mot à mot comme une leçon. Une dernière remarque l'avait laissé rêveur : « *La couleur*

ordinaire de la coquille est le lilas nué de blanc. »
Et voilà qu'il retrouvait aujourd'hui, dix ans
plus tard, la même émotion, une sensation
intacte comme si le temps ne s'était pas écoulé.
Il s'empara du coquillage et faillit le porter à
ses lèvres, mais cet enfantillage, aussitôt, lui fit
honte. Alors, il le posa sur l'étagère, tourna
sèchement les talons et quitta la pièce.

Dans la cour, il rencontra Thibaut qui lui
apportait une truite de belle taille : « Si Théréson voulait bien m'écouter, dit le domestique, elle la ferait cuire avec des amandes
pilées. C'est meilleur. » Antoine l'approuva
d'un sourire sans toucher à la truite et lui
demanda des nouvelles de son fils. Thibaut
répondit que Jean allait mieux, que sa main
désenflait et qu'il pouvait déjà remuer deux
doigts. Antoine prit la truite par la queue, la
regarda pendre au bout de son bras sous la
lumière aride et la redonna à Thibaut :
« Prends-la! Tu la mangeras avec Jean. Et
bourre-la d'amandes pilées si ça te fait plaisir. »

Au milieu de l'après-midi, il reçut la visite
de Simon Roumas, le valet de chambre d'Aurélie Gaillard, qui lui remit un billet cacheté.
Antoine brisa le cachet, déplia la feuille et
déchiffra trois lignes d'encre pâle dont certaines lettres se chevauchaient : « *Mon mari
s'absente pour deux jours. Ne me laissez pas seule.
Votre Aurélie.* » Il replia le billet lentement, le
mit dans sa poche et remercia le valet, mais
comme celui-ci attendait visiblement une

103

réponse, il débita d'un trait : « Tu diras à Mme Gaillard qu'à mon grand regret je ne pourrai me rendre à son invitation. » Simon Roumas parut satisfait du message et promit de le transmettre dès son arrivée au mas de la Tour. A peine eut-il disparu qu'Antoine fut assailli de regrets : « Enfin, pourquoi? Aurélie est charmante. Elle m'attend. Pour quelle raison me priverais-je du plaisir qu'elle me donne? Je ne l'aime pas, c'est entendu, mais j'ai besoin d'elle. » Il était furieux contre lui-même et contre le mistral qui râpait son visage, incendiait sa peau. Il savait pourtant que seule la marche en rase campagne pourrait lui apporter la paix, mais le vent redoublait de violence, l'attaquait en pleine poitrine, lui jetait à la figure des débris d'écorce. D'un horizon à l'autre, les arbres se tordaient vers la terre, entrechoquaient leurs branches dont les ramilles cassaient dans l'air poudreux. Antoine aurait pu longer le ruisseau à l'abri des saules moins exposés que les amandiers par exemple ou les pins, mais il voulait se battre. Il lui semblait que tenir tête aux éléments, les défier, était le seul moyen d'en venir à bout. Il convenait de les fatiguer comme une bête féroce ou comme on épuise sa propre angoisse : « Enfin, il y a près de six jours que cela dure. Jamais la Provence n'a connu un mistral pareil et jamais mon cœur n'a battu si fort, jamais mes sentiments et mes pensées n'ont vécu dans un tel désordre. Il faudra bien que le mal cesse

104

d'un moment à l'autre. » Pour l'heure, le mal empirait. Entre le plateau du Cengle et la montagne de Sainte-Victoire, le ciel s'engouffrait comme une mer démontée crevant une digue. L'aridité et la stridence de l'atmosphère étaient telles qu'Antoine finit par rebrousser chemin, la langue sèche et les oreilles en feu. Il résolut de rejoindre la bibliothèque et de se contraindre à lire, afin de retrouver un minimum d'équilibre et de sérénité. Il choisit *La Princesse de Clèves,* tout simplement parce que Cyprien, l'autre jour, avait omis de remettre le livre à sa place et l'avait posé sur une chaise. D'abord, le roman faillit lui tomber des mains. Les lignes dansaient sous ses yeux, se dérobaient, encouragées par les deux flammes du chandelier qui vacillaient dans un courant d'air. Mais, bientôt, le charme un peu languissant du récit capta son attention, distraite, au demeurant, par son aventure personnelle, car s'il entendait les paroles du duc de Nemours, s'il recevait les réponses de Mme de Clèves, c'était pour écouter de mémoire les reparties de Claire et ajouter son propre discours. Il était près de minuit quand, au milieu de la cent treizième page, une remarque concernant le héros du roman le fit réfléchir : *« Il avait une impatience de la revoir qui ne lui donnait point de repos. »* En sa naïveté, d'amoureux qui découvre l'évidence, il comprit qu'il souffrait du même mal : « Ce n'est pas en m'éloignant de Claire que je guérirai. » Il referma le livre avec autorité, gagna sa chambre et se jura de changer de conduite : « Demain, je coupe les ponts. Je vais à Lharmas. Je l'appelle et je me déclare », mais l'incertitude le reprit dans l'obscurité alors qu'il s'allongeait sous le drap et que le vent mugissait de plus belle sur les tuiles et sur les gouttières. Il murmura deux fois : « Mon Dieu! » et s'endormit au moment de prendre une décision.

Le silence le réveilla. Il faisait encore nuit dans la chambre. Suspendue dans l'air immobile, la maison ne craquait plus. Étonné de s'entendre respirer, il se leva, ouvrit la fenêtre, repoussa les volets et rencontra le ciel sans étoiles dont la tiédeur amorphe le saisit. Il s'habilla lentement et chacun de ses mouvements, retenu par une torpeur étrangère à sa nature, lui semblait exécuté par un autre. Il sortit pour prendre la mesure du temps et pour attendre l'aube en plein champ. Elle s'annonça avec retard, au-dessus de la montagne, par une déchirure blafarde, suivie d'une vapeur qui s'épaissit rapidement pour barrer l'horizon et coiffer les sommets. Alors, dans la trame sombre, apparut une lueur rouge qui, bientôt, s'éteignit sous la pression des nuages de plus en plus lourds. Cyprien, débouchant de la grange, s'avança vers Antoine qui revenait sur ses pas : « Cette fois, Monsieur le baron, je vous promets l'orage avant midi. » Antoine hocha la tête sans répondre.

A onze heures, le ciel était si noir déjà, si

proche de la terre qu'on pouvait imaginer qu'il allait écraser les pins et les amandiers. L'air presque doux dégageait un tel silence, une telle pesanteur que Thibaut qui poussait une brouette sursauta en entendant tomber une noix dans le verger. A midi, la foudre éclata sans ébranler les nuages mais leur masse figée parut s'enflammer et des gouttes perpendiculaires frappèrent le sol, le martelèrent comme des sabots, puis, brusquement, l'eau tomba par trombes, par cataractes, noyant les formes et les couleurs qui se mélangeaient avant de se dissoudre; pourtant, Antoine, embusqué derrière la fenêtre du salon, crut voir passer un cavalier dans la cour en direction des communs : « J'ai la berlue! » se dit-il, mais averti par un pressentiment superstitieux, il dévala l'escalier et se jeta dehors comme on plonge dans un torrent. Aveuglé par le déluge, il courut sans s'orienter, entraîné par le poids de sa tête baissée, se rua sur une porte, l'ouvrit et se retrouva dans l'écurie. Claire était là, les cheveux et le visage ruisselants, les bottes dans une flaque d'eau. Elle tenait d'une main les rênes de Flambard, de l'autre, un bouchon de paille : « L'orage m'a surprise », dit-elle simplement. Il répondit qu'elle ne pouvait pas rester là et qu'elle devait le suivre au salon pour se réchauffer car ses vêtements étaient trempés. Elle lui fit observer que les siens l'étaient tout autant mais cette remarque parut le laisser indifférent. Il éprouvait une émotion paisible qui le dispensait de réfléchir et de se poser des questions. Dans l'escalier, il lui prit la main, tout naturellement, en souvenir de sa dernière visite. Au salon, il la conduisit devant la cheminée, voulut la faire asseoir, mais elle refusa et s'approcha davantage du feu, les jambes un peu écartées sous le drap mouillé de sa culotte d'homme.

— Vous alliez à Puyloubier? demanda-t-il.

— Non.

Elle sourit, trouva son regard et ajouta :

— J'allais chez vous.

Il voulut sourire à son tour, mais n'y parvint pas. Le bonheur devenait trop grave. Il lui dit que le marquis de Tallert allait s'inquiéter. Elle fit non de la tête et précisa qu'il était parti, ce matin même, pour Le Tholonet en compagnie de Mme de Laplane; il ne rentrerait à Lharmas que demain. Antoine affirma qu'il était malsain, dangereux même, de garder sur la peau des vêtements humides et proposa de lui en donner d'autres, bien secs. Il la pria d'attendre un instant et de ne pas profiter de son absence pour partir comme la dernière fois.

— Non, dit-elle. Aujourd'hui, c'est différent.

Il grimpa au dernier étage, sous les combles, fouilla dans des malles et dans des coffres où il supposait que sa mère avait laissé de vieilles robes, mais il n'en trouva aucune. Alors il prit dans l'armoire de sa chambre une chemise et une culotte taillées pour lui, ainsi qu'une paire de pantoufles. Il ne se pressait pas mais chacun de ses gestes demeurait vif. Le sentiment d'être attendu lui donnait une confiance alerte, dénuée de toute impatience, de toute fébrilité. Quand il fut de retour au salon, Claire avait ôté sa veste. De son corsage trempé qui collait à la peau s'élevait devant le feu comme une vapeur, ainsi qu'un parfum fade qu'Antoine jugea délicieux. Il posa les pantoufles à terre, la chemise et la culotte sur le fauteuil :

– Je n'ai rien trouvé d'autre, dit-il. Vous flotterez à l'intérieur.

– Je flotterai, répéta-t-elle en regardant les flammes.

Il sortit discrètement, regagna sa chambre, alla droit à la fenêtre et l'ouvrit. La pluie avait cessé et de la terre inondée montaient des odeurs de vase et de rivière. Une brise molle effilochait les nuages dans le ciel comparable à l'eau des flaques.

Antoine referma la fenêtre et se dirigea à pas mesurés vers le salon. Arrivé devant la porte, il frappa doucement, attendit un instant et frappa à nouveau sans obtenir de réponse. La hantise de trouver la pièce vide l'assaillit, le fit tressaillir contre la porte qui s'ouvrit toute seule. Claire était assise sur une chaise devant la cheminée. On voyait au-dessus du dossier ses épaules nues que dorait le feu. Elle n'avait pas touché à la chemise et à la culotte qu'Antoine avait posées sur le fauteuil et ses propres vêtements gisaient à terre près des pantoufles.

Antoine pensa qu'il arrivait trop tôt, murmura : « Pardon ! » et fit deux pas à reculons, mais elle se leva, se retourna, l'appela du regard, et son corps avait tant de grâce qu'Antoine oublia de respirer, émerveillé par la courbe des hanches d'une fermeté si douce et par une tache blonde, plus bas, dont la vue lui serra le cœur d'une joie infinie.

# VI

QUAND, sur un ton paisible, Claire apprit
à Antoine qu'elle attendait un enfant et
que le marquis de Tallert, son père, ne pourrait longtemps l'ignorer, il répondit avec
ardeur : « Dieu merci ! Je serai donc votre
mari », puis comme elle le regardait sans mot
dire et que cette réaction le troublait, il ajouta
d'une voix qui se voulait badine mais que
l'émotion desséchait un peu : « A condition,
toutefois, de rester votre amant. » Claire baissa
les yeux pour les relever aussitôt : « Je vous
dois un aveu, dit-elle en retenant son souffle.
L'enfant pourrait être de Renaud. »

Il était quatre heures du matin, vendredi
19 mai 1759. Le chandelier à deux branches
allumé par Antoine quelques minutes plus tôt
éclairait le lit sur lequel Claire venait de s'asseoir tout habillée. Ils avaient passé la nuit à
s'aimer et, comme à l'accoutumée, Claire s'apprêtait à partir pour regagner Lharmas avant
le jour et ne pas éveiller l'attention de son
père ou les soupçons moins innocents d'Isa-

belle de Laplane. Antoine, revêtu seulement d'une culotte, l'aurait accompagnée jusqu'à l'écurie avant de l'aider à se mettre en selle. Mais, à présent, il ne bougeait pas, anéanti par ce rocher qui venait de lui fracasser le crâne. Le sang s'était retiré de sa langue, de sa gorge nouée comme une corde dans l'eau froide. Claire murmura son prénom. Il desserra les lèvres avec effort et lui demanda si Renaud savait. Elle se leva et répondit que non, qu'il avait quitté Aix au début de la semaine pour rejoindre son père à Saint-Pons.

— Très bien! Je vais aller le trouver, dit-il sans la regarder.

— Mais... souffla-t-elle.

— Mais quoi? trancha-t-il. Ce n'est plus votre affaire.

— Au contraire! C'est la mienne, plus que jamais! s'écria-t-elle en faisant vaciller les flammes du chandelier.

C'était la première fois qu'elle élevait la voix devant lui et, sous l'effet de la surprise, il sursauta, réprima une grimace, ferma les poings. Elle se tenait loin de la lumière, maintenant, mais on pouvait imaginer que son visage était en feu :

— Avant de partir, Antoine, écoutez-moi! S'il arrivait malheur à l'un de vous, j'en mourrais.

Un ricanement injurieux lui donna la réplique.

— Vous avez tort de ne pas m'entendre, reprit Claire, hachant ses mots. Je n'ai pas l'habitude

112

de jeter des paroles au vent comme de la paille. Je vous aime tous les deux et ne préfère ni l'un ni l'autre. Si l'un de vous meurt, je me tue. Devant Dieu, je le jure!

Ces propos inconcevables étourdirent Antoine. Il avait le sentiment d'écouter une folle et d'avoir, de son côté, perdu la raison. Le sang faisait dans sa tête un tumulte qui battait sa mémoire, répétait à chaque poussée : « Devant Dieu, je le jure! » et ce serment sacrilège lui donnait envie de fuir : « Cette fille mélange tout. Elle apporte le désordre et la mort. »

– Je crois qu'il serait temps pour vous de regagner Lharmas, dit-il en achevant de s'habiller.

Elle noua ses cheveux sur la nuque, ouvrit la porte et sortit. Il la suivit jusqu'à l'écurie et lui tourna le dos alors qu'elle montait Flambard et s'éloignait dans la nuit. D'une claque il réveilla Sultan, le brida sans ménagement, bourra les sacoches à coups de poing, arma ses pistolets d'arçon, arrima son épée sur le portemanteau et sauta sur le dos de l'alezan en grondant : « Toi, ne t'avise pas de traîner la jambe! » Cyprien, venant de la ferme, accourut au moment où il franchissait le portail :

– Il fallait me prévenir, Monsieur le baron. Je ne savais pas que vous preniez la route.

– Maintenant, tu le sais. Je serai de retour ce soir, si Dieu le veut.

Le ciel était brumeux, l'aube jaunâtre quand

il aperçut le moulin d'Angelin aux ailes immobiles et les premières maisons de Puyloubier. Sultan, blanc d'écume pour avoir galopé d'une traite de La Tuilière à l'oratoire de Bramefan, trottait maintenant un peu trop vite à son gré et renâclait de temps à autre pour le dire à son maître qui n'entendait rien et le pressait grossièrement de l'éperon. En ce jour maudit, Antoine n'avait ni le temps ni le cœur de se bien conduire en selle et de se soucier de l'accord de sa monture. Il ne songeait qu'à dévorer l'espace jusqu'à Saint-Pons, fondre sur Renaud et s'expliquer avec lui. L'écho de ce verbe « s'expliquer » résonnait dans sa tête et donnait la fièvre à son bras droit, à ses doigts qui crochetaient la bride en regrettant de ne pas étreindre la fusée de l'épée : « S'expliquer, oui, mais tout de suite! Ce judas était l'amant de Claire. Il s'est bien gardé de me le dire. » Antoine ne pouvait ignorer que lui-même avait agi de la sorte, mais alors, cette discrétion n'avait plus le même sens : « Si j'ai gardé le silence, c'est par pudeur, gêné par la démesure et la sincérité de mon amour, par l'incapacité d'en parler sans rougir, alors que lui s'est tu par cachotterie et par calcul, attentif à ce que personne ne marche sur ses brisées. Pour Renaud, la femme n'est qu'un jeu. Incapable d'aimer, il ne sait que chasser, tendre un filet, prendre... »

Ainsi déraisonnait Antoine, injuste avec passion. L'idée de mettre Sultan au pas pour traverser le village l'irritait d'avance, comme s'il craignait de perdre un temps précieux et d'être arrêté par quelqu'un, ce qui paraissait improbable à cette heure matinale. Il ne rencontra dans la rue qu'un chien boiteux, presque aveugle et une volée de moineaux devant l'église. Passé la dernière ferme, il emprunta le sentier de la Palleirote qui grimpait entre les vignes et Sultan refusa de prendre le trot sur une telle côte. Antoine n'insista pas, distrait par la brûlure que lui causait la phrase de Claire : « Je vous aime tous les deux » et qui le fit hurler soudain : « Putain! » avec une telle vigueur que l'alezan, impressionné, broncha. Antoine lui donna une tape sonore sur l'épaule : « Toi, ne t'en mêle pas! » grogna-t-il, enfermé dans ses pensées. Il s'accusa d'avoir vécu six mois d'inconscience, soumis à la volonté de Claire comme un caniche : « Elle me refusait le droit de lui poser des questions sur son emploi du temps. C'est elle qui choisissait de m'interroger ou de me faire des confidences. Sinon, je passais mes journées à l'attendre, acceptant de la rencontrer chaque fois qu'elle le jugeait bon sans convenir d'un rendez-vous ni tenir compte de mes désirs. Et j'étais assez bête pour me glorifier de connaître un bonheur extraordinaire, sous prétexte qu'il n'existait aucune contrainte entre nous, aucune convention, aucune habitude de propriétaire. Quel âne bâté! »

Là encore, Antoine n'était pas sincère envers

sa mémoire. Claire, incapable de mentir, n'avait jamais triché avec lui. Il ne pouvait l'ignorer, même sous le coup de la colère. Il savait aussi qu'elle n'avait jamais refusé de répondre à ses questions. C'était lui qui se défendait de les poser, intimidé par son sourire ou par son regard malicieux. Il ne pouvait douter, non plus, qu'elle l'aimât, et cette évidence, après ce qu'il venait d'apprendre, le rendait fou.

Il coupa à travers les jachères pour rejoindre le chemin qui venait de Pourrières et croiser à main gauche celui de Vauvenargues. En bordure du bois de la Gardiole, des geais le suivirent, échangeant d'un chêne à l'autre leurs cris de noix concassées, et leurs plumes écartées jetaient au passage un éclair bleu. Le soleil s'éveillait sous la brume et traversait les feuilles nouvelles pour illuminer au pied des troncs la mousse et les anémones. Mais Antoine n'avait pas un regard pour le printemps, pas un sentiment. Il ne songeait qu'à Renaud et se tenait sur ses gardes, les yeux braqués sur le chemin, à l'affût de chaque bosse, de chaque tournant, comme si son meilleur ami pouvait à tout moment jaillir d'un fourré et se dresser devant lui, arborant cette balafre qui, selon les mouvements du visage, exprimait la raillerie et provoquait la haine. Il profita de la descente pour éperonner Sultan qui galopa jusqu'au croisement de la grand-route de Saint-Maximin où il s'arrêta une seconde pour s'ébrouer et trottiner ensuite tandis qu'apparaissaient à l'horizon dans une buée dorée les tours de Rians. Cette fois, Antoine n'osa pas le harceler et c'est en rongeant son frein qu'il franchit les remparts à la porte Saint-Jean, sans la moindre attention pour la statue de l'apôtre dans sa niche ovale, alors qu'il prenait plaisir, naguère, à ralentir pour l'admirer. A la sortie du bourg, une charrette mal gouvernée fit un écart et le serra contre la muraille de l'échauguette. Il lâcha un juron et leva le poing en direction du conducteur qui baissa la tête sous un chapeau terreux en forme d'écuelle. Ce geste vulgaire, contraire à son éducation, le mit en fureur contre lui-même et contre la terre entière. Il pressa violemment les flancs de Sultan qui secoua son toupet et se contenta d'allonger le trot. A présent, le ciel sans voile, sans un flocon de nuage, était d'un bleu comparable aux fleurs de lin alignées dans le fossé, mais Antoine demeurait étranger à la luminosité du paysage, à la caresse de l'air matinal dont la fraîcheur, en d'autres temps, enchantait sa peau. Il n'était plus que rage sèche.

Il quitta bientôt la route de Ginasservis pour tourner le dos à la montagne de Vautubière et prendre à travers le bois de Montmajor la sente creuse qui menait à Saint-Pons. C'était la deuxième fois qu'il venait sur les terres du comte. Sa visite précédente datait d'un an. Il en gardait un souvenir que son amertume assombrissait et déformait à plaisir. Ambroise de Saint-Pons l'avait bien accueilli, au grand soulagement de Renaud qui redoutait l'humeur et les réflexions de son père. Toutefois, celui-ci avait réussi à mettre Antoine mal à l'aise, d'abord en gardant le silence par intermittence et sans motif, ensuite en raison des relations qu'il entretenait avec son fils. Il n'adressait la parole à Renaud que du bout des lèvres et par phrases tronquées comme devant un adversaire que l'on méprise de contredire, et Renaud, accoutumé au jeu, répondait sans aigreur. Cependant sa balafre à peine cicatrisée rougissait parfois et Antoine qui l'aimait comme un frère s'en inquiétait. Mais, à cette heure, chevauchant avec hargne sur le layon englué de feuilles pourries, il voyait les choses autrement : « Tel père, tel fils ! Au fond, ces gens-là n'ont pas de sensibilité, pas de cœur. Et ce château, quelle horreur ! » C'était là fausser le souvenir, car le premier regard qu'il avait jeté sur Saint-Pons ne l'avait en rien horrifié. Au contraire. La demeure l'avait surpris et presque diverti par son allure rébarbative : « L'antre de Barbe-Bleue ! » Il avait comparé ses architectes à des poètes, à des enfants pour l'avoir édifiée contre le rocher dans une ombre compacte, au milieu de tant de mousse et de ruisseaux. Deux hêtres pourpres dont les cimes se rejoignaient au-dessus des tourelles lâchaient sur les créneaux des compagnies de corneilles et Antoine avait retenu sa monture pour profiter au passage de ce spectacle anachronique. A l'intérieur, l'étroitesse des ouvertures, la nudité du décor, l'austérité des meubles et de la lumière l'avaient ému sans offenser ses goûts. Il avait pensé avec une certaine fierté que Renaud était né dans ces murs et qu'un endroit aussi peu banal convenait à un ami exceptionnel. Mais, Antoine, aujourd'hui, n'avait pas la même indulgence ni la même perception des réalités. Abordant le pont-levis, il reconnut avec dédain les armes de Saint-Pons gravées en relief sur le fronton et jugea prétentieuse la tour donjonnée qui ornait l'écu : « Petites gens qui portent une couronne pour se grandir! » rumina-t-il. Dans l'avant-cour, il fut arrêté par le jardinier Joseph Daumas dont le regard lui parut sournois. Résolu de ne pas répondre à ses questions, il mit pied à terre, dégagea son épée du portemanteau et l'accrocha à sa ceinture, puis il toisa le rustaud et lui dit qu'il désirait rencontrer au plus vite Renaud de Saint-Pons.

– Je vais prévenir Monsieur le comte, répondit Daumas.

– Inutile. C'est son fils que je veux voir.

Daumas redressa la taille et répliqua sans baisser les yeux :

– Je vais tout de même le prévenir.

Antoine, ulcéré d'avoir manqué de savoir-vivre devant un domestique assez effronté pour le lui faire remarquer, réagit de façon mesquine :

— Occupe-toi de mon cheval, dit-il en lui tendant les rênes. Déjà Daumas lui tournait le dos, pressé de gagner l'entrée du château.

Antoine, indigné, faillit le rappeler, mais réussit à se calmer en ronchonnant : « On a bien raison de dire que les mauvais serviteurs ressemblent à leurs maîtres. Valet, père, fils : même engeance! » Il tira sur la bride avec assez d'autorité pour faire tressauter Sultan qui foula le sol, tête basse, les oreilles couchées. Antoine attacha l'alezan à un anneau de fer scellé dans le mur et constata avec déplaisir que ses doigts tremblaient : « Il faut à tout prix que j'économise mes forces et que je maîtrise mes nerfs, car c'est une rude journée qui s'annonce. » Daumas réapparut, s'approcha à pas mesurés et lui demanda de le suivre.

Ambroise de Saint-Pons les attendait au débouché de l'escalier à vis, sur le seuil d'une pièce sombre, apparemment vide et dont on ne voyait pas le fond. Antoine avait oublié qu'il était si grand. Sa perruque poudrée frôlait presque le linteau de la porte. La maigreur crevassée de son visage le faisait ressembler à l'intendant du marquis de Tallert mais son regard était d'un gris plus métallique et ses lèvres exsangues. Il congédia Daumas et recula pour laisser entrer Antoine : « Nous nous connaissons, je crois », dit-il avec un sourire plissé. Antoine, qui n'était pas dupe du « je crois » car le vieillard manifestement avait bonne mémoire, approuva d'un mouvement de tête sec et le comte reprit aussitôt : « A présent, je me souviens. Nous nous sommes vus l'an dernier. Vous êtes un ami de mon fils. C'est lui que vous souhaitez voir, n'est-ce pas ? – Oui! » répondit Antoine décidé à écourter l'entretien, mais le comte enchaîna immédiatement : « Je ne sais pas où il se trouve. Dans les bois, sans doute. Asseyez-vous. Nous l'attendrons ensemble », et comme Antoine esquissait un geste de refus poli, il ajouta les yeux mi-clos : « Je vous sens contrarié. Seriez-vous pressé de le rencontrer ? » Antoine, incapable de modérer son impatience, répliqua d'un trait : « Il est vrai, Monsieur, que j'ai des choses importantes à lui dire. Si vous pouviez m'indiquer la direction qu'il a prise... » Le vieillard leva la main pour l'interrompre : « La direction qu'il a prise ? répéta-t-il, mais comment le saurais-je ? Renaud flâne et chasse au hasard. Comme sa pauvre mère, il ignore en général ce qu'il veut, ce qu'il cherche. Il n'a pas l'habitude, non plus, de me faire des confidences. Entre nous, Monsieur, j'abomine les confidences. » Le sourire disparut de ses lèvres et son regard s'arrêta avec insistance sur celui d'Antoine : « Vous ne voulez vraiment pas vous asseoir ? » demanda-t-il en se carrant dans un fauteuil à oreilles pour mieux épier de bas en haut les réactions embarrassées de son visiteur : « J'aurais mauvaise grâce à vous importuner davantage, répliqua celui-ci sur un ton résolu. Permettez-moi de prendre congé. – A votre aise, monsieur de Cher-chery!» répondit froidement le comte sans remuer d'un pouce sur son fauteuil.

De la cour, dont les murailles percées de meurtrières condamnaient le soleil, Antoine gagna l'avant-cour où il retrouva Sultan qu'un garçonnet aux cheveux roux s'apprêtait à faire boire. Il reconnut René Vachet dit Nénou, trempa la main dans le seau pour vérifier la température de l'eau, estima qu'elle n'était pas trop froide et dit : « C'est bien », puis il demanda à Nénou de lui indiquer le chemin qu'avait pris Renaud :

– A mon avis, il est parti du côté de la cha-pelle, répondit le gamin.

– A cheval?

– Non, à pied, avec Rip. Au retour, il s'arrête toujours au pavillon du plan de la Croix-Haute pour poser son fusil. Vous verrez : devant, il y a une fontaine.

– Conduis-moi!

A longues enjambées, Antoine suivit Nénou qui courait presque, sans souliers, en sautillant comme un chevreau. Le sentier d'argile s'éle-vait de bosse en bosse au milieu des rouvres et des cadiers dont les branches poisseuses dégageaient une odeur d'épices. Ailleurs, l'air vif fleurait le chèvrefeuille, mais Antoine, imperméable à ces arômes, talonnait Nénou et ne songeait qu'à forcer l'allure. Son épée bat-tait contre sa culotte et lui rappelait à chaque pas que Renaud se séparait rarement de la sienne. Antoine croyait l'entendre : « Il faut l'avoir sur la jambe comme une maîtresse. » Cette maxime gaillarde le faisait frémir de colère et regarder son ami comme un bellâtre content de soi : « S'il est armé, tant mieux! Tout se réglera dans l'heure. Mais qu'il se montre, Seigneur! »

A cette minute, Renaud, enfermé dans le pavillon de chasse, n'avait rien d'un bellâtre et n'était pas, non plus, content de lui, d'abord parce que la poudre avait foiré au moment où il visait un lièvre, ensuite pour d'autres raisons qu'il ne tenait guère à mettre au clair. Attablé devant son fusil à peine démonté, il s'appliquait à le nettoyer, après avoir changé le silex et débouché la lumière du bassinet avec une aiguille. Le contact de l'acier luisant de graisse et du chiffon de soie lui donnait des émotions intimes qui le mettaient mal à l'aise car il n'avait pas l'habitude de s'interroger : « Amoureux? Ce n'est pas la première fois. Il n'y a pas de quoi trembler! » Son cœur avait si souvent battu pour une femme qu'il refusait aujourd'hui de comprendre ce qui lui arrivait. Naguère, les choses étaient si simples. Il brûlait tout simplement de désir, de plaisir, soucieux de faire du bien à sa partenaire, de la rendre heureuse le plus longtemps possible, de chasser les soupçons ou les pensées moroses qu'elle pouvait nourrir. Mais depuis l'automne dernier, tout se compliquait. Son corps avait d'autres sensations, son esprit d'autres exigences. La beauté de Claire, ce charme affolant de chair et de lumière n'était rien en comparaison de Claire elle-même, de cet être mystérieux qui lui échappait sans cesse et ne le quittait jamais, plus proche de lui que la mémoire de sa mère ou que toutes les créatures qu'il avait tenues dans ses bras : « J'aime une âme. A qui faire croire ça ? » Mais Renaud avait d'autres raisons d'avoir le cœur gros : sa conduite à l'égard d'Antoine. Pourquoi se taire quand il était si naturel de lui dire : « Je suis un autre homme. J'aime. Il faut m'écouter. » Et maintenant, Renaud n'avait plus qu'une idée : lui parler. « Demain, je vais le voir à La Tuilière. C'est décidé. » Il imaginait la surprise et le sourire d'Antoine recevant ces confidences et se sentait déjà tout allégé : « Je n'ai pas le droit de garder ce trésor pour moi. Une telle joie réclame un partage. Mon meilleur ami ne peut être que l'ami de Claire et le complice de mon bonheur. »

Il se leva pour admirer devant la fenêtre son fusil bien luisant, remonté avec soin, l'accrocha au râtelier après avoir fait jouer la détente, caressa la tête hirsute de Rip, le griffon vendéen, qui se frottait contre ses mollets, sortit avec lui, referma la porte du pavillon et mit la clé dans sa poche en se disant qu'il pouvait fort bien prévenir son père dans la matinée et partir pour La Tuilière au début de l'après-midi. Cette conjecture devint aussitôt résolution et lui donna envie de siffler.

124

Rip qui s'éloignait sur le chemin crut à un appel et revint vers lui. Renaud remarqua que le chien boitait. Assis sur un banc de pierre, près de la fontaine, il l'attira sur ses genoux, examina la patte antérieure droite dont la pelote était enflée et retira l'écharde à l'aide de son couteau de chasse. Il se demanda pourquoi l'animal grondait alors qu'on venait de le soulager et qu'il s'était tenu tranquille pendant l'opération, quand un bruit de brindilles et de pas lui fit lâcher Rip et relever la tête : Antoine s'avançait sur le chemin. Renaud crut vivre un de ces moments prédestinés où la pensée fait des miracles et force la réalité. Mais son sourire s'effaça devant l'expression d'Antoine. Il n'avait jamais rencontré une telle hostilité sur son visage, même à la guerre quand l'ennemi levait le sabre sur lui. Il supposa, durant une seconde, que son ami s'amusait, lui jouait un tour ou qu'il était lui-même victime d'une illusion :

— Bonjour! dit-il en retrouvant assez de force pour sourire à nouveau.

Le regard que lui jeta Antoine le refroidit jusqu'aux os.

— Tu veux me parler? demanda-t-il.

Antoine répondit par un hochement de tête qui ne signifiait ni oui ni non. Il ne s'intéressait, pour l'instant, qu'à l'épée de Renaud, reconnaissable à sa garde en parafe, caractéristique d'un modèle espagnol du siècle dernier. Il savait qu'elle était de la même longueur que la sienne et s'en félicitait avec âpreté : « Tout est en ordre. » Réprimant tant bien que mal l'émotion et la révolte que lui inspirait l'attitude odieuse de son ami, Renaud tenta de détendre l'atmosphère et de sourire une dernière fois en montrant la fontaine du doigt :

— L'eau est fraîche. Je te conseille d'y goûter.

— Pour ce que j'ai à dire, il vaut mieux garder la bouche sèche.

Un ramier prit son vol entre les branches d'un frêne au-dessus des deux hommes et chacun tressaillit au claquement des ailes, au froissement nerveux des feuilles tandis qu'une plume grise tournait lentement dans l'air avant de se poser sur l'eau.

— Claire de Tallert attend un enfant, dit Antoine.

Renaud respira profondément et répondit que c'était une bonne nouvelle : il ne demandait qu'à épouser Claire. Antoine éprouva une satisfaction féroce à le regarder d'une certaine manière en se taisant et Renaud eut l'impression que la fontaine qui n'avait jamais cessé de couler faisait à présent un bruit énorme.

— L'ennui, c'est que l'enfant n'est pas forcément de toi, reprit Antoine.

Renaud avança d'un pas, alors qu'un flot de sang colorait sa balafre :

— Qui t'a chargé de colporter cette infamie? dit-il en mettant la main à l'épée.

— Claire, ma maîtresse, répliqua Antoine en faisant le même geste.

— Tu mens!

— Prouve-le!

Les deux lames jaillirent en même temps, mais après avoir pointé la sienne, Renaud l'abaissa et d'une voix sourde réussit à dire :

— On ne va pas s'entre-tuer sans explications.

— Tu veux te confesser avant de mourir? ricana Antoine.

Renaud l'attaqua avec une telle fougue qu'Antoine recula sans équilibre en se découvrant. Exaspéré par cette défaillance, il cracha des injures : « Ruffian! Ramoneur de filles!» d'autant plus inconvenantes que Renaud, méprisant un avantage facile, venait de rater volontairement l'occasion de faire mouche. Antoine, à présent, combattait vaillamment avec cette maîtrise lucide, ce génie de l'improvisation que donne par paradoxe une colère aveugle, mais il avait affaire à forte partie. Renaud, dont la lame s'enroulait autour de la sienne, se liait à ses mouvements pour les annuler. Au lieu de deviner ou de prévoir une parade, il la déjouait d'instinct, prouesse qui lui valait dans la ville d'Aix l'admiration de tous les bretteurs. Déjà, sur un contre-dégagement, il avait, en relevant la pointe, écarté celle de son adversaire comme un frelon. Il s'apprêtait à feindre une volte quand Rip, éloigné et distrait jusque-là par les odeurs du sous-bois, voulut défendre son maître en

127

aboyant sur les talons d'Antoine qui finit par hurler, sans se retourner, bien sûr : « Débarrasse-moi de ce chien! » Renaud prit le griffon par le collier et l'attacha à l'arbre le plus proche. Cet arrêt momentané aurait pu l'amener à réfléchir mais son corps électrisé exigeait de reprendre immédiatement le combat. Aussi rejoignit-il Antoine en trois bonds pour engager avec lui une série d'assauts frénétiques où le fer répondait au fer, commandait au bras, où le moindre frisson de métal provoquait une manœuvre savante, articulée dans une danse hérissée de secousses où l'on pouvait, comme en amour, s'amuser follement avec la mort. Et chaque fois qu'un effort violent leur arrachait un cri de guerre ou que le crissement des lames déchirait l'air en suspens, Rip tirait sur sa chaîne, aboyait avec fureur, et l'émotion de l'animal augmentait la leur. La sueur brillait sur leurs fronts, inondait leurs cils, noyait d'éclairs acides leurs prunelles. Ils évitaient parfois de se regarder, capables, à la manière des bêtes, de percevoir les mouvements de l'adversaire et de connaître sa position exacte sans l'avoir vue, mais il arriva qu'au terme d'un engagement débridé suivi de corps à corps, leurs gardes s'accrochèrent par le quillon sans pouvoir se déprendre. Alors, ils s'affrontèrent face à face, poignet contre poignet, figure contre figure, chacun respirant le souffle de l'autre et, sournoisement, la fatigue infiltra leur peau, leur être, non pas une lassitude physique car leurs bras tendus à se rompre gardaient toute leur énergie mais une paresse de la volonté, une indolence du cœur comme si l'amitié reprenait consistance en secret pour décourager insensiblement la haine. Antoine dont les paupières clignotaient tout près du visage de Renaud entrevit dans un éclat de soleil une image ancienne : son ami s'interposant pour recevoir un coup de sabre au bord des lèvres. Cette vision fulgurante lui fit perdre la notion du temps et le contrôle des circonstances. Le moulinet désordonné qu'il tenta d'exécuter sans conviction pour dégager sa garde, en omettant de se couvrir, bouscula Renaud qui lui planta généreusement sa lame dans l'épaule. Sous le choc, Antoine mit un genou à terre mais un sursaut de fierté lui permit de se redresser et d'oublier le sang qui baignait sa chemise :

— Défends-toi! dit-il.

Renaud, impressionné par cette tache rouge qui s'étendait très vite sur l'étoffe, laissa tomber son épée :

— Non! murmura-t-il.

Antoine parut hésiter, regarda autour de lui comme pour demander conseil aux arbres, puis, aveuglé par le soleil, chancela. Renaud voulut le soutenir, le faire asseoir, mais Antoine l'écarta sèchement, affirmant qu'il n'avait besoin de personne pour rentrer chez lui. Renaud dit que c'était de la folie, qu'il fallait arrêter l'hémorragie tout de suite et qu'un homme n'avait pas le droit de se conduire comme un enfant. Antoine refusait de l'entendre et de le regarder. Il entreprit de marcher lentement, d'un pas ferme, serrant les dents et les poings afin de tenir bien droite sa tête bourdonnante. Renaud que rien n'effrayait à la guerre le suivait, mortellement inquiet. A sa pâleur anormale, on pouvait imaginer que c'était lui le blessé.

# VII

DEPUIS que Claire, âgée de trois ans, avait quitté Angèle, sa nourrice, pour venir habiter avec lui, Henri-Charles de Tallert ne l'avait jamais vue pleurer, n'avait jamais observé dans son regard le moindre voile de tristesse, le moindre reflet d'inquiétude. Aussi jugeait-il inconcevable qu'elle cessât brutalement de répandre cette joie de vivre et cette lumière qui n'appartenaient qu'à elle. Or, c'était le cas depuis hier. Mme de Laplane, levée de très bonne heure vendredi, avait rencontré Claire dans la salle à manger. La jeune fille se tenait debout au milieu de la pièce, figée d'étrange manière dans ses vêtements d'homme, avec de la poussière sur les bottes. Isabelle avait voulu plaisanter : « Bonjour! Je suis là » et Claire avait murmuré : « Oui, je sais. Bonjour. » Alors, Isabelle avait ajouté en regardant les bottes : « Vous revenez de promenade, à ce que je vois » et Claire s'était contentée de fermer les paupières pour les rouvrir aussitôt sans mot dire. Isabelle avait

131

tenu à prévenir le marquis qui achevait de s'habiller : « Il se passe quelque chose. Vous devriez sortir un peu de votre neutralité, mon ami. » Le marquis avait haussé les épaules, mais devant l'attitude d'Isabelle prête à se fâcher, il avait pris son conseil au sérieux, avait rejoint Claire dans la cour et lui avait demandé sur un ton enjoué si tout allait bien. A la manière dont Claire avait répondu : « Oui » en arrêtant sur lui des yeux qui ne semblaient pas le voir, il avait ressenti un malaise profond et compris qu'il se passait quelque chose, en effet. Imaginant que parler le rassurerait, il était revenu vers Isabelle qui l'avait irrité avec son refrain : « Il faut la marier. » Il lui avait reproché de se repaître d'idées fixes et de raisonner comme une duègne, affirmant que le mariage n'était pas une panacée, mais une solution destinée à tranquilliser les parents, à mettre de l'ordre dans leurs affaires sans tenir compte de la souffrance ou du bonheur des enfants, et comme Isabelle esquissait un sourire sceptique, il avait avoué d'une voix rude : « Eh bien, oui, là, je ne supporte pas que ma fille soit malheureuse! »

Aujourd'hui, samedi 20 mai 1759, après une nuit agitée où chacun s'était employé à réveiller l'autre en poussant des soupirs, Henri-Charles venait gentiment de prier Isabelle de le laisser dormir quand elle l'accusa d'être injuste et de méconnaître ses propres sentiments à l'égard de Claire :

– Vous faites comme si je ne l'aimais pas, comme si je ne songeais qu'à la voir partir.

Il protesta sur un ton las :

– Non, je sais que vous avez beaucoup d'affection pour elle qui, d'ailleurs, vous le rend bien. Mais, avouez tout de même que son attitude vous déconcerte et vous agace à proportion du mérite que je lui accorde et de l'importance que je lui donne.

Isabelle parut gravement affectée par cette remarque formulée sans intention agressive.

– S'il en est ainsi, dit-elle, si vous me tenez pour une femme jalouse, je ne resterai pas longtemps dans cette maison.

Elle lui tourna le dos, gagna la porte et fit volte-face, une main sur la poignée :

– Dans ces conditions, Henri-Charles, reprit-elle avec une certaine solennité, je vous dirai ce que je crois savoir. Jusqu'à présent, je vous l'avais caché pour ne pas vous inquiéter, mais votre inconscience a besoin d'une leçon : Claire quitte sa chambre la nuit et je présume que ce n'est pas seulement pour monter à cheval.

– Gardez vos présomptions pour le confessionnal! s'écria le marquis en repoussant les draps avec violence pour se lever d'un bond, le ventre nu, les sourcils en bataille. Claire n'est pas n'importe qui mais vous faites le nécessaire pour l'oublier et je ne m'étonne guère en conséquence que sa conduite vous soit incompréhensible.

– Sa conduite me paraît aussi limpide que

133

son prénom. Elle est amoureuse, autrement dit prête à toutes les folies. Pour le comprendre, il ne me semble pas nécessaire d'entreprendre une étude doctorale, ni de consulter les philosophes. A mon avis, c'est de Renaud de Saint-Pons qu'elle se trouve éprise, à moins qu'il ne s'agisse d'Antoine de Cherchery.

— Et pourquoi pas de tout le régiment d'Angoumois? répliqua le marquis, enfilant sa culotte avec rage au point d'en faire craquer les coutures. Vous m'échauffez les oreilles avec ces balivernes!

Isabelle, indignée, quitta la chambre en faisant claquer la porte. Le marquis s'assit sur le lit afin de réfléchir posément à ce qu'il venait d'entendre, mais les images et les mots se pressaient dans sa tête, déréglaient sa mémoire et ce désordre entretenait son refus de concevoir une aventure entre Claire et Renaud, entre Claire et Antoine : « Enfin, quand on est amoureux, ça se voit. » Au cours des six mois écoulés, Renaud, de passage à Lharmas, n'avait rien manifesté de tel, Antoine non plus, et quand, par bonheur, ils se trouvaient réunis à table, on ne pouvait déceler entre la jeune fille et les deux invités qu'une saine amitié. Il est vrai que ce sentiment triangulaire dégageait une chaleur et une tension de nature à faire réfléchir un témoin soupçonneux, mais le marquis estimait avec fierté qu'un tel climat était l'œuvre de Claire qui ne ressemblait à personne. En ce moment, son orgueil paternel

134

l'encourageait à penser qu'Isabelle était jalouse sans le savoir : « Elle arrive à un âge où le spectacle de la jeunesse fait mal à une femme. Alors, l'imagination travaille, se nourrit d'intrigues, invente des romans. » Il regretta de s'être emporté devant elle, se promit d'être aimable et de faire la paix, gagna le rez-de-chaussée avec l'intention de la rejoindre, mais, faute de la trouver, demanda à Marion si Claire était levée : « Oui, Monsieur le marquis, répondit la servante, je l'ai vue s'en aller du côté de l'écurie. » Il sortit précipitamment et s'arrêta au milieu de la cour, soucieux de ne pas avoir l'air de surveiller sa fille, de la suivre comme un barbon. Pour distraire ses hésitations, il arracha avec méthode des surgeons au pied d'un ormeau et frotta ses mains poissées de sève. Alors, le sentiment d'être intimidé par son enfant lui fit honte. Il se dirigea vers l'écurie d'un pas résolu, mais, arrivé devant la porte entrouverte, il ne poussa pas celle-ci et se contenta de regarder à l'intérieur. Claire, vue de profil, enlaçait l'encolure de Bayard dont l'œil écarquillé brillait comme celui d'un enfant. Cheveux et crinière mêlés, elle pressait sa joue blême contre la tête du poulain et son visage exprimait une telle angoisse que le marquis, bouleversé, fit demi-tour et s'éloigna à pas feutrés.

A présent, les lèvres de la jeune fille remuaient : « Mon Dieu, faites que l'épée tombe de leurs mains, que personne ne meure !

Sinon, ce sera mon tour, je l'ai juré. » Elle ferma les yeux et retrouva de mémoire le regard méchant d'Antoine éclairé par le chandelier. Elle crut l'entendre ricaner et porta la main droite à son oreille. Ce geste inconscient la détacha de Bayard : « Au revoir, mon petit ! » dit-elle en quittant l'écurie. Elle traversa la cour et chercha refuge au jardin, sous les tilleuls, s'approcha d'un banc de pierre mais renonça à s'asseoir, se demanda comment elle pourrait endurer cette attente interminable et résolut de rallier La Tuilière ou même de pousser jusqu'à Saint-Pons si elle n'avait pas de nouvelles à midi. Le soleil matinal, ricochant de feuille en feuille, posait dans l'herbe des taches d'or que ses yeux lourds d'insomnie recevaient comme des traces de sang. Elle secoua la tête pour chasser l'image d'Antoine allongé sans vie, aussitôt remplacée par celle de Renaud dans le même état : « Je ne veux pas ! » dit-elle en serrant les poings. Elle ne craignait ni de souffrir ni de mourir, mais la mort d'un être aimé lui faisait horreur car elle avait toujours refusé depuis l'enfance de se résigner, de s'entendre avec le malheur, de se racornir avec lui. La pointe d'une branche s'affaissa sous le poids d'un écureuil qui sauta sur un tapis de millepertuis où il se mit à fureter, à briser des tiges avant de disparaître d'un bond derrière un tronc. Alors apparut entre les plantes une couleur brillante qui attira l'attention anxieuse de Claire. Elle s'approcha et découvrit un oiseau mort de la taille d'un merle et d'une espèce inconnue. Elle se penchait pour examiner le bec effilé et le plumage d'argent d'une rare luminosité quand un bruit lointain la fit tressaillir, se retourner en sursaut, quitter rapidement le jardin, puis courir droit devant elle dans l'allée, martelant de ses bottes le sable et le gravier qui craquaient au rythme de sa respiration surmenée. Elle faillit tomber, bras ouverts, sur le poitrail de Junon, mais s'accrocha à l'étrier au moment où Renaud le dégageait pour mettre pied à terre. Dans une sorte de soupir ou de cri étouffé, elle lui demanda si Antoine était mort : « Non, grâce à Dieu! » répondit-il, le souffle court, comme si c'était lui qui eût couru. Il se tenait tout près d'elle, un peu raide à cause de sa haute taille et par crainte de la toucher en remuant. Il baissa le menton pour la regarder dans les yeux sans hostilité et elle eut chaud dans tout le corps, le visage parcouru de brûlures. Il lui apprit la blessure d'Antoine, et comme elle réprimait avec peine un frisson, il la rassura avec un demi-sourire qui valait pour elle tous les trésors de la terre :

– Il a perdu une demi-pinte de sang, mais à la guerre, on appelle ça une égratignure.

– Il faut que je le voie.

– Pas maintenant. Nous devons parler d'abord. Vous voulez bien?

– Oui.

Elle remarqua qu'il n'était pas rasé et que

ce laisser-aller lui donnait fière allure car sa barbe naissante de couleur fauve recouvrait la balafre sans toutefois en cacher le dessin. Elle aurait voulu poser les lèvres à cet endroit, les appuyer très fort, ressentir la piqûre des poils pour le féliciter d'être en vie et de n'avoir pas tué Antoine. Elle se sentait capable de prier dans les flammes pour remercier Dieu.

Antoine considérait la bonne santé dont il jouissait comme un bien héréditaire. A l'entendre, sa mère insensible au froid, réfractaire aux miasmes, protégée de toute contagion par un égoïsme de marbre, n'avait jamais éternué ni toussé en sa présence, et son père, mort de chagrin à cause d'elle, était bâti, selon lui, pour vivre centenaire. Aussi, fort de ces convictions, refusait-il de garder le lit en dépit de la mollesse de ses jambes et du carillon qui retentissait de temps à autre dans sa tête. Théréson et Cyprien qui le suivaient pas à pas, prêts à le soutenir, essayaient à tour de rôle de le raisonner : « Enfin, Monsieur le baron, vous avez perdu beaucoup de sang. Il faut vous reposer », mais il ne voulait rien entendre sous prétexte que sa blessure n'était pas une maladie et que le seul moyen de guérir consistait à parler d'autre chose. Cependant, il lui arrivait de chanceler, de s'adosser au mur ou de se retenir à un meuble avant de s'affaler sur une chaise. A l'aube, il avait commis l'imprudence de se lever pour boire une tasse de café alors que Théréson le suppliait de rester couché : « M. Gaillard ne sera pas content. Il va s'en prendre à moi », avait-elle gémi en donnant une claque énergique sur le lit qu'elle achevait de refaire. Félicien Gaillard, chirurgien-barbier, appelé d'urgence la veille au soir, avait donné les premiers soins au blessé, d'abord en lavant la plaie à l'eau de sauge, ensuite en pressant sur l'épaule avec de la charpie pour arrêter l'hémorragie. Il devait revenir dans la matinée.

A présent, Théréson, agenouillée sur le parquet, essuyait les gouttes de café qu'Antoine avait laissées tomber : « Vous devriez vous asseoir, dit-elle en se redressant. Vos mains tremblent. » Il la rabroua sèchement, mécontent qu'elle eût remarqué ce détail humiliant, puis, la voyant fâchée, prête à pleurer, accepta, pour lui faire plaisir, de s'installer dans un fauteuil à accotoirs rembourrés, un oreiller entre le dossier et la nuque.

Félicien Gaillard le réveilla à dix heures. Il était accompagné d'Aurélie, son épouse, que le torse nu du blessé parut émouvoir : « Quelle cruauté, mon ami ! » dit-elle en penchant son visage replet au-dessus du sien. Félicien demanda à Antoine de s'allonger sur le lit, réclama l'assistance de Théréson pour tenir une cuvette et celle de Cyprien pour garder en main la bouteille d'eau d'arquebuse : « Vous avez une rude chance, dit-il en ôtant la char-

139

pie. Le fer n'a touché ni vaisseau ni tendon. Apparemment, je ne crois pas qu'il ait lésé, non plus, quelque nerf considérable. C'est miraculeux. » Il approcha son nez aquilin de la plaie assez près pour la renifler, déclara que l'odeur lui paraissait bonne et que c'était un signe encourageant, puis enleva les caillots noirâtres à l'aide d'un mouchoir de soie sur lequel Cyprien versait goutte à goutte l'eau d'arquebuse. Il se félicita ensuite de constater que les lèvres de la blessure viraient au rose et recommanda à Théréson de ne pas recouvrir l'épaule tout de suite : « Laissez-la respirer. Dans une heure ou deux, vous pourrez consolider la lésion avec un linge enduit de baume agglutinatif. Si elle commence à suppurer, au troisième jour comme de juste, vous la panserez avec du vin cuit et un cataplasme de farine d'orge. » Antoine éprouvait quelque embarras devant Aurélie qui le couvait des yeux, les pommettes colorées. Cela faisait deux fois, déjà, qu'elle lui demandait s'il avait mal et qu'il répondait : « Pas du tout! » en évitant de croiser son regard. Sa sollicitude complice le gênait d'autant plus que le mari paraissait consentant. Félicien Gaillard savait, en effet, qu'elle avait du goût pour les jeunes gens, mais il ne s'en formalisait pas, estimant qu'on ne pouvait médicalement empêcher une honnête femme d'être garce et qu'il était préférable, en l'occurrence, de passer pour un homme averti. Aurélie eut le tort, en parlant, d'agiter ses doigts lourds sous le nez d'Antoine qui ferma les yeux avec colère au souvenir des mains de Claire, de ses doigts si fins, si déliés qu'il avait aimés au point de les couvrir de baisers sans cesse et de les garder parfois dans la bouche. Aurélie s'imagina qu'il souffrait et conseilla à son époux de mettre du baume émollient sur la blessure, mais le chirurgien-barbier répliqua avec autorité qu'elle n'y entendait rien, que la douleur faisait partie de la guérison et que le plus sage, pour l'instant, était d'évacuer la chambre afin de permettre au malade de se reposer. Tout le monde obéit à cette proposition, à l'exception de Cyprien qui, arrivé devant la porte, revint sur ses pas pour s'asseoir auprès du lit. Antoine, attendri par son air méditatif, attendit patiemment qu'il se décidât à parler. Après avoir hoché la tête et toussoté, Cyprien se plaignit de la chaleur répandue dans la pièce et ajouta d'une voix enrouée : « M. Renaud de Saint-Pons avait tant de peine, hier soir, à votre sujet. » Antoine regarda avec émotion le vieux serviteur et comprit pourquoi son père le jugeait intelligent : « A cause de la bonté, songea-t-il. Rien n'est moins sot que la bonté. » Il ne posa aucune question et répondit simplement : « Merci! » Cyprien se leva immédiatement et sortit.

Antoine ferma les paupières sans intention de dormir, satisfait de penser que Renaud avait de la peine à son sujet : « S'il est malheureux, tant mieux! » Il se réjouissait de sentir que leur amitié n'était pas morte mais il ne voulait pas le reconnaître, travaillé par la jalousie qui usait de toutes sortes de détours hypocrites et de ruses pour corrompre son jugement, qui l'amenait par exemple à s'apitoyer sur le sort d'Irène de Lauze afin de condamner son amant : « Il n'a pas de cœur, se moque de toute fidélité, de toute sincérité durable, en amour comme en amitié. » Il poussait même la compassion jusqu'à déplorer l'infortune conjugale du président à mortier : « Pauvre homme! Renaud pourrait au moins respecter sa candeur », oubliant sa propre conduite à l'égard du mari d'Aurélie cocufié sans vergogne. Il se reprochait ensuite d'avoir mal tenu l'épée, de s'être laissé distraire par des sentiments ou des scrupules indignes d'un combattant et d'avoir accepté trop vite la résolution magnanime de son rival : « Il s'arrange toujours pour avoir le beau rôle. Je n'aurais jamais dû entrer dans son jeu. » Il fallait provoquer sa fureur, le forcer à reprendre l'assaut, le traiter de lâche en criant : « Défends-toi! », au lieu de consentir à arrêter le duel pour une simple égratignure. Antoine chercha dans sa mémoire les épisodes où Renaud n'était pas à son avantage, étudia les détails qui pouvaient lui faire de l'ombre ou le diminuer et n'en trouva aucun de convaincant. Alors, en désespoir de cause, il s'attaqua au souvenir fétiche de Rossbach, voulut ternir cette image en feignant de croire que Renaud lui avait sauvé la vie par caprice :

« La guerre l'amuse autant que les femmes. » Mais on ne crache pas sur une icône et la mauvaise foi a des limites. Antoine fit amende honorable, reconnut le mérite de Renaud et tourna son ressentiment contre Claire, responsable du gâchis : « Elle apporte le chaos, le poison dans les cœurs. » Il réfléchit au moyen de la punir. On pouvait évidemment se détourner d'elle, refuser de la revoir et l'abandonner à son état, mais il n'était pas concevable de faire un tel affront à son père qui, de toute manière, leur demanderait raison, à l'un comme à l'autre. Antoine avait trop d'honneur pour offenser le marquis de Tallert qui lui inspirait une estime affectueuse, presque filiale. Alors, que décider au sujet de Claire? Une solution lui vint à l'esprit : que les deux amants consentissent à la tirer au sort. Celui qui obtiendrait le bon numéro l'épouserait. Il rit tout haut mais sa voix résonna de manière lugubre dans sa tête enfiévrée : « Non, résolut-il en chiffonnant le drap, l'un de nous est de trop. Nous nous battrons à mort, dans les règles, cette fois, devant témoins. Nous n'avons pas le choix. »

Mardi 23 mai, Hyacinthe de Cherchery, de fort méchante humeur, prit son déjeuner très tard dans la matinée et renversa la chocolatière en frappant du poing sur la table. Marcellin Plauchut qui avait passé la nuit avec elle venait de lui apprendre entre deux portes l'accident d'Antoine : « Il s'est blessé en ferraillant avec

son ami Renaud. Apparemment, rien de grave.
Il s'agissait d'un jeu, bien sûr », avait-il précisé
d'un air sibyllin avant de quitter l'hôtel. Il
tenait la nouvelle de Victor Rebouillon qui
avait croisé sur la route, vendredi soir, la voiture arrivant de Saint-Pons et transportant le
blessé à La Tuilière. La baronne, ulcérée d'être
la dernière informée, ne pardonnait pas à son
amant de l'instruire avec quatre jours de retard
et de s'immiscer dans des affaires qui ne le
concernaient pas : « Sous prétexte que je lui
permets d'entrer dans mon lit quand le besoin
se manifeste, ce rustaud s'imagine faire partie
de ma famille. » Certes, elle appréciait son
concours et sa manière quand il prenait discrètement l'initiative d'effacer une dette ou de
purger une hypothèque, mais elle ne tolérait
pas qu'il s'occupât d'Antoine et lui apportât
son aide en catimini comme il l'avait fait
récemment à propos d'un terrain qui ne valait
rien : « Sa générosité sent l'usure et la mani-
gance. » L'irritation outrée qu'elle éprouvait à
l'encontre de Marcellin lui permettait d'oublier en partie l'émotion que lui causait la blessure suspecte de son fils : « Si ce petit butor
joue avec sa vie, j'aurais mauvaise grâce d'intervenir », se dit-elle en prenant avec une sou-
veraine inconséquence la décision de se rendre
à l'hôtel de Belcodène pour exiger des explications.

Renaud, surpris de sa visite, le fut davantage
de la savoir au courant des faits et se demanda

quel domestique avait pu commettre une indiscrétion. Il répondit de manière évasive à ses questions, affirmant qu'il s'agissait d'un accident bénin :

— De toute façon, je suis responsable. Une épée bien tenue ne s'égare pas.

— J'ai le droit de savoir. Vous vous êtes battus, n'est-ce pas?

— Non, Madame. C'était un jeu.

— Vous me cachez quelque chose, Monsieur.

— A ma connaissance, non, mais personne ne peut vous interdire de penser le contraire.

— Personne, en effet!

Ce dialogue acéré, ponctué de sourires, ne dura qu'une minute. Hyacinthe refusa de le prolonger et Renaud ne trouva rien à dire de sérieux pour la retenir. Il s'inclina sur sa main un peu grasse aux ongles brillants et poussa un soupir de soulagement quand elle lui tourna le dos pour franchir la porte. Il ressentait la même impression désagréable qu'après un entretien avec son père : une sorte de tristesse et de révolte diffuses qui lui donnaient, un court instant, le dégoût de vivre. Il se dit que la baronne et le comte appartenaient à la même race, que leurs réactions étaient identiques, qu'ils ne s'intéressaient aux êtres que pour enquêter sur leurs faits et gestes avec une curiosité malsaine : « Ce que nous sommes les indiffère. En revanche, toute indiscrétion nous concernant surexcite leur imagination. Je comprends maintenant pourquoi Antoine et moi... » songea-t-il sans aller au bout de sa pensée car il lui déplaisait de la formuler et d'analyser ce qu'il tenait désormais pour une certitude : qu'Antoine et lui avaient chacun un ennemi dans sa famille et que cette communauté d'infortune cimentait leur amitié. Ambroise de Saint-Pons s'était montré particulièrement odieux, vendredi, vers midi, au moment où les deux amis, revenant du plan de la Croix-Haute, arrivaient dans la cour carrée du château. Lui qui, confiné dans une pièce obscure au deuxième étage, faisait d'ordinaire mille difficultés pour sortir à l'air libre, s'était empressé de les rejoindre, alerté par un bruit de pas fort discret, et, tout de suite, avait harcelé Renaud de questions sans se préoccuper de la blessure d'Antoine, mais férocement intrigué par sa chemise couverte de sang. Comme la baronne de Cherchery, il avait revendiqué le droit de savoir, puis rappelé à son fils qu'il était maître chez lui, responsable des actes délictueux ou criminels perpétrés sur ses terres et qu'un duel sans témoins passait aux yeux de la maréchaussée royale pour une tentative d'assassinat. Muet sous l'algarade, Renaud avait fait allonger sur un banc Antoine qui ne tenait plus sur ses jambes. Aidé par Joseph Daumas, il lui avait ôté sa chemise et pressait sur la blessure avec du linge pour arrêter le flux de sang : « Vous entendez ce que je vous dis? » s'était récrié le comte sur un ton de hargne : « Pas très bien, mon père. J'ai d'autres soucis », avait répondu froidement Renaud. Alors, le vieillard avait perdu toute mesure, toute décence : « Votre insolence mérite correction, avait-il répliqué, hors de lui. Allez-vous-en! Je ne veux plus vous voir ici. » Il ne s'adressait qu'à son fils, mais Antoine avait pris l'outrage pour lui : « Où est Sultan? » avait-il demandé en se relevant. Renaud avait dépensé des trésors d'énergie pour le dissuader de monter à cheval, répétant inlassablement : « C'est de la folie. » Il avait l'air si malheureux qu'Antoine avait finalement accepté de s'asseoir dans la voiture conduite par Daumas. Renaud, monté sur Junon et menant Sultan par les rênes, l'avait accompagné jusqu'à La Tuilière.

Sur le marbre de la cheminée, la pendule sonna dix fois. Renaud, qui l'avait écoutée posément sans additionner les coups, consulta le cadran et jugea qu'il était tard. Il ignorait encore l'emploi du temps de sa journée mais prévoyait qu'elle serait chargée. Depuis sa rencontre avec Claire, samedi, chaque minute comptait. Durant ces trois jours, il n'avait pas réfléchi, n'avait pas agi non plus, se contentant de tourner dans son appartement ou d'arpenter les rues de la ville sans motif. Il n'avait rien promis à Claire, n'avait rien résolu avec elle, mais il savait qu'une décision serait prise, aujourd'hui, peut-être. Laquelle? Cela dépendrait des circonstances et des réponses qu'on lui ferait. En attendant, il fallait se donner du mouvement. Il appela Bap-

147

tiste et lui dit qu'il allait partir : « Je monterai Junon. Préviens Fabret. » Tout à l'heure, la baronne, comme le comte trois jours plus tôt, avait provoqué son amertume, mais il ne formulait aucune sentence, aucune condamnation à leur encontre. C'était une habitude chez lui, naturelle, innée, de ne juger personne, et cette singulière disposition d'esprit le rapprochait de Claire qui adoptait la même conduite. Pour elle comme pour lui, les idées n'avaient aucun pouvoir déterminant. Seuls importaient les sentiments assez forts pour se faire connaître sans étude. Si l'on aimait un être, inutile d'y penser, de le savoir, de comprendre pourquoi. Si on le méprisait ou le détestait, il n'était pas nécessaire d'aligner des raisonnements et des mots pour traduire ce dédain ou cette haine. Dans les deux cas, il convenait d'obéir au sentiment, tacitement si possible.

Junon, tenue par Fabret, l'attendait dans la cour, bouchonnée à souhait, luisante comme une porcelaine. Il eut plaisir à retrouver sous la selle son corps chaleureux, à le presser doucement entre les genoux : « En route, ma beauté! » dit-il. Au passage de la porte de Bellegarde, il se rappela les trois mots que Claire avait prononcés six mois auparavant, alors qu'ils ne s'étaient pas revus depuis leur première rencontre et qu'obsédé par le souvenir de cette soirée, il était venu rôder en pleine nuit sous les fenêtres du château de Lharmas, que la plus haute s'était ouverte et que l'ombre de Claire, cheveux dénoués, avait fait son apparition dans le cadre. Il avait chuchoté : « Bonsoir! » en se collant contre le mur et elle avait répondu : « Je vous attendais. » Trois mots inimaginables à l'époque : « Avec elle, tout se transforme, tout change : les paroles, les conventions et les hommes », songea-t-il en flattant du plat de la main l'encolure de Junon.

Quand il franchit le portail de La Tuilière, Antoine, assis torse nu dans la cour, lui faisait face, exposant au soleil sa blessure mal cicatrisée. Leur rencontre fut si soudaine, si directe que ni l'un ni l'autre n'eut le temps de s'y préparer et leur regard échangé à distance les surprit tous deux par son éclat d'amitié involontaire. Antoine s'empressa sur-le-champ d'adopter une attitude sévère pour donner le change, mais Renaud n'y prit garde et, fort de sa première impression, pressentit que tout se passerait bien. Antoine, attentif à se montrer réservé, sinon hostile, attendit qu'il mît pied à terre pour se lever, le rejoindre, prendre la bride de Junon et la donner à Cyprien, le tout sans mot dire. Loin d'exciter son amertume, la brûlure du soleil sur son épaule meurtrie l'inclinait au stoïcisme : « Cette cuisson me fait du bien et va me permettre de tenir l'épée » et lorsque Renaud s'enquit de sa santé, il répondit sans le narguer : « J'espère que tu n'es pas venu pour ça. – En effet! » répliqua Renaud. Il garda le silence un instant, les yeux fixés sur l'épaule de son rival dont la plaie rose saignait un peu et l'engagea à se rasseoir, puis, constatant que le blessé traitait ce conseil par le mépris, il lui demanda brusquement s'il avait l'intention d'épouser Claire de Tallert. Antoine ne manifesta aucune surprise, aucune hésitation car cette question qu'il ne s'était jamais posée, contrairement à ses habitudes, faisait partie de celles qu'il attendait depuis longtemps. En fait, il n'attendait rien d'autre :

— Et toi? dit-il.

Renaud, pris de court, se donna le temps de réfléchir. En fait, il n'avait nullement besoin de réflexion. Sa réponse lui paraissait tout écrite, mais il lui convenait de marquer la mesure ou la pause comme en musique. Alors, il débita des évidences d'un air absent : « Nous n'avons pas le droit de l'abandonner dans cet état. Ce serait faire injure à son père », puis, défiant Antoine du regard, il ajouta d'une voix altérée mais sur un ton rude :

— Je l'épouserai si tu renonces.

Antoine frémit et s'adossa au mur pour faire bonne figure :

— Non! Je n'aime pas ce marché! dit-il, le feu aux joues, travaillé par des émotions contradictoires en même temps qu'exaspéré par ce désordre intérieur qui réveillait sa fièvre et semblait rouvrir sa blessure.

Il secoua la tête, regarda le soleil en face et reprit d'un trait :

— L'un de nous est de trop. Nous nous battrons à mort, quand tu voudras.

Renaud répondit sur un ton catégorique qu'il ne voudrait jamais : aucune insulte, aucune avanie ne pourrait le faire changer d'avis. Antoine répliqua qu'il ne supportait pas d'être épargné, ménagé comme un infirme sous prétexte d'égratignure : « Je vomis ces charités! » gronda-t-il. Alors, Renaud, pour la première fois, éleva la voix :

— Ce n'est pas cela! Écoute-moi! Claire a juré de se donner la mort, si nous nous battons à nouveau.

Il éprouvait une sorte de pudeur et de rage à s'expliquer, épuisé par le regard avide d'Antoine qui refusait de comprendre l'essentiel, de reconnaître la vérité, l'évidence : Claire n'était pas une personne ordinaire. Claire ne pouvait mentir. Et c'est avec passion qu'il reprit :

— Elle l'a juré, je te dis. Veux-tu donc qu'elle meure?

Antoine se raidit contre le mur pour appuyer sa tête très fort et mettre ses idées en place, les empêcher de se battre ou de tourner comme des folles à l'écoute du rire de Claire et de son étrange repartie : « Pour le plaisir. » Il voulut écarter de l'esprit ces lèvres entrouvertes et sentit que les siennes remuaient toutes seules, s'entendit répondre à mi-voix : « Non! » et ce murmure fit un bruit énorme dans son crâne.

— Alors, épouse-la, dit Renaud avec un demi-sourire.

Antoine, ébloui par le soleil, ferma les yeux et les rouvrit aussitôt, orientés sans raison ni conscience vers Cyprien qui cueillait des cerises dans le verger.

– Pourquoi renonces-tu? demanda-t-il.

– Je ne renonce à rien, répondit Renaud avec une expression bizarre dans le regard, et, pour couper court, il ajouta sur un ton conciliant : Ne cherche pas toujours à savoir, à comprendre. Épouse Claire. Je resterai ton ami et le sien.

Antoine eut dans l'instant trop de choses à dire pour trouver ses mots. Il ressentait, des talons à la nuque, une lassitude infinie et sans doute aurait-il plié les genoux jusqu'à terre sans l'appui du mur. Les questions qu'il souhaitait poser se pressaient, s'annulaient en foule derrière ses prunelles troubles et ses sourcils englués de sueur. Il savait pourtant que son destin se jouait devant témoin, dépendait d'une phrase dans la lumière crue de cette journée de printemps, mais il n'arrivait pas à desserrer les dents et désirait lâchement, ardemment le départ de son ami pour méditer tout seul comme on se jette à l'eau. Renaud le comprit sans explication et se dirigea vers Junon qui piaffait en l'attendant. Au moment de mettre le pied à l'étrier, il fit volte-face et parla en soldat :

– Claire te rendra visite avant la fin de la semaine. Tiens-toi prêt!

A peine le cavalier, suivi de son ombre bien découpée sur la terre jaune, eût-il disparu derrière le portail qu'Antoine, pris de faiblesse, se laissa glisser le long de la muraille dont la rugosité réveilla sa douleur à l'épaule et lui arracha une grimace. Assis en tailleur, il faillit perdre connaissance mais se ressaisit en pensant que Cyprien pouvait se retourner sous le cerisier et apercevoir son maître dans cette ridicule posture. Il réussit à se dresser en s'aidant des coudes et des mains, traversa la cour à pas menus, gagna sa chambre après avoir trébuché deux fois dans l'escalier et se laissa tomber sur le lit, anéanti par un sommeil animal. Il se réveilla vers midi et s'étonna d'abord d'être allongé tout seul, de ne voir personne autour de lui dans la pièce, alors que la présence invisible de Claire faisait courir des frissons sur sa peau. Reprenant ses esprits, il voulut se lever pour renoncer tout de suite à ces souvenirs lascifs. Ce n'étaient ni les images ni les sons rauques de l'amour qui hantaient sa mémoire, mais cette manière qu'avait Claire de le serrer, de l'absorber dans ses membres sans fermer les yeux, les prunelles écarquillées, décolorées par le plaisir : « Maintenant, je comprends! » murmurat-il en imaginant que le bonheur physique l'avait drogué, annihilé au point d'étouffer toute clairvoyance en lui, tout soupçon. Claire l'avait habitué à ne jamais poser de questions, choisissant de le rencontrer en cachette sans convenir à l'avance d'une méthode ou d'un horaire. Cette aventure sans ordre et sans lendemain avait duré six mois : « Elle m'envoûtait. J'étais fou. » Les premiers temps de leur liaison, elle lui avait confié incidemment que son père se souciait de la marier mais n'était pas pressé de lui trouver un prétendant : « Moi non plus! » avait-elle ajouté en riant. Il n'avait pas osé lui demander de préciser sa pensée et avait jugé plaisant de lui donner son propre avis : « Le mariage est une idée grise, le lot des barbons à cornes. Je n'ai pas envie de me retrouver couronné de bois mort comme le président de Lauze. » Sans doute entrait-il quelque forfanterie dans cette boutade car il lui arrivait déjà de souffrir de l'intermittence et de la clandestinité de leurs rapports. Rêvant en secret de partager la vie de Claire, il envisageait au fil des jours la perspective du mariage avec faveur et n'avait pu s'empêcher, une nuit d'hiver, d'y faire allusion sur un ton qui se voulait badin :

— Qu'aurions-nous de plus? avait-elle répondu.

— Nous serions ensemble toujours. Nous n'aurions plus besoin de nous cacher.

— J'adore me cacher.

— Mais je vous aime, Claire.

— Moi aussi, mais cela ne me donne aucun droit sur vous.

Une autre fois, comme il souriait d'un air indécis pour dissimuler une inquiétude furtive sur l'avenir de leurs relations, elle avait déclaré sans hâte, d'une voix bien timbrée : « Je suis heureuse parce que je n'attends rien. Faites comme moi. Vivez au présent! » Il s'était souvenu, alors, du fameux *« Carpe diem »* dont le chanoine Charles-Mitre Dubreuil louait avec emphase l'euphonie poétique alors que Martial avait une opinion plus sérieuse : « Depuis la naissance du monde, on n'a rien écrit de plus profond, ni de plus sage. Votre mère, Antoine, n'a jamais su " cueillir le jour ". Elle a vécu, jalouse du temps qui passe, contrariée avec usure par des regrets envieux et des comparaisons. Si, par infortune, il vous arrive de croiser sur votre route une femme qui lui ressemble, écartez-vous, mon fils, fuyez! »

Antoine se leva brusquement et marcha vers la fenêtre ouverte : « Non, s'écria-t-il mentalement, les yeux arrêtés sur un nuage en forme de poisson. Je ne saurais me contenter de vivre au jour le jour. Mon père n'avait pas tout à fait raison. » Le sentiment d'avoir adopté les principes de Claire, d'avoir subi son influence sans réagir le faisait rougir aujourd'hui : « Je l'imitais. J'étais sa chose. » Il referma la fenêtre avec violence comme pour clore le débat et se retourna, en pensée, contre Renaud qui venait de lui dire une heure plus tôt : « Ne cherche pas toujours à savoir, à comprendre! » De quel droit lui refusait-on cette liberté? Exister, pour lui, c'était d'abord se battre contre le brouillard, contre l'incertitude. Le doute ne convenait qu'aux lâches, aux dupes : « Épouser Mlle de Tallert sans garantie? Jamais! » se dit-il, mais à peine eut-il formulé cette résolution qu'elle lui parut vulgaire, indigne de Claire et de lui, contraire à leur jeunesse sans calcul; et c'est dans cet état d'esprit qu'il négligea consciemment de s'interroger sur la réponse énigmatique de Renaud : « Je ne renonce à rien » et qu'il gagna rapidement la salle à manger, satisfait d'avoir faim en se forçant un peu et de penser à autre chose.

Après le repas, il accepta, sans humeur querelleuse, les soins de Théréson qui nettoya l'épaule blessée à l'eau d'arquebuse et pansa la plaie après l'avoir recouverte d'un onguent vulnéraire vendu trente-cinq sols par le chirurgien-barbier. Étonnée de sa docilité, elle lui en fit compliment :

— Monsieur le baron est bien patient.

— Eh oui, Théréson. Il y a des jours comme ça.

Il se sentait, sans motif apparent, soulagé d'un grand poids, incapable, au demeurant, de définir lequel : « *Carpe diem!* » songea-t-il en se rendant à la bibliothèque pour choisir immédiatement le livre I d'Horace et relire l'Ode XI entre les lignes de laquelle son précepteur Charles-Mitre Dubreuil avait écrit la traduction au crayon :

« *Carpe diem, quam minimum credula postero :*

« *Cueille le jour, sans te fier le moins du monde au lendemain.* »

La phrase latine bien scandée précipitait les battements de son cœur et l'inclinait à penser que son père n'avait pas tort : « Il faut vivre au présent! » se dit-il, avec la conscience de découvrir une vérité plus nuancée, plus intime, par exemple qu'à force d'attente et de réflexion, on finissait par compromettre son destin. Alors, sans prévenir, ses lèvres murmurèrent : « Claire! »

Au milieu de l'après-midi, Victor Rebouillon vint lui rendre visite sous prétexte de lui emprunter une herminette, affirmant que la sienne, fort ébréchée, ne coupait plus. En réalité, le marchand-laboureur, curieux comme une pie, voulait se renseigner sur l'état de santé du jeune baron en évitant de se montrer indiscret et de paraître au courant de son duel. Antoine, qui se méfiait de lui depuis qu'il avait connaissance de ses rapports avec Marcellin Plauchut, ne semblait guère disposé à parler, encore moins à faire des confidences. Il lui prêta sans commentaires l'outil réclamé. Rebouillon lui demanda s'il envisageait de planter des arbres fruitiers sur le terrain du Collet, notamment des abricotiers qui, selon lui, convenaient à la nature du sol. Antoine répondit sur un ton bref qu'il n'avait pas envisagé le projet. Rebouillon qui, décidément, ne savait pas écourter un entretien ni se retirer à temps, lui raconta que l'aîné et le cadet de ses garçons s'étaient battus et qu'il leur avait administré une bonne volée à chacun, en comptant les coups pour ne pas faire de jaloux : « Je les aime tous les deux, vous comprenez! » expliqua-t-il en s'étonnant de voir le visage de son interlocuteur se crisper soudain, se durcir comme celui d'un ennemi.

Après son départ, Antoine poussa un soupir de détresse et de rage. La réflexion anodine de Rebouillon venait de réveiller dans sa mémoire un écho douloureux : « Je n'ai pas l'habitude de jeter des paroles au vent comme de la paille. Je vous aime tous les deux. » Ces aveux insensés dataient de quatre jours. Comment les effacer? A moins d'avoir perdu le sens commun, on n'épousait pas une créature capable d'aimer deux hommes à la fois sans préférence aucune. C'était comme si Faraude acceptait d'être montée indifféremment par l'un ou par l'autre : « Ma jument n'est pas si folle. Elle a de la tête et du corps. Elle sait choisir, Dieu merci! » Il se dirigea machinalement vers l'écurie, pressé de respirer le même air que ses chevaux, cette odeur de fidélité qui ne mentait jamais, mais, en poussant la porte entrouverte, il tomba sur Thibaut qui, armé d'un trident, emplissait de fumier une brouette. Le palefrenier voulut savoir si son maître désirait quelque chose, s'il avait besoin de lui, et Antoine, l'esprit ailleurs, lui tourna le dos sans répondre, s'éloigna d'un pas vif, traversa l'aire en direction du champ de vigne mais, fatigué, rebroussa chemin, gagna la bibliothèque avec le propos désespéré de se distraire, et sans un regard pour les livres qui tapissaient les murs, s'assit à la table d'étude et s'accouda, les yeux mi-clos, la tête dans les mains. Il demeura longtemps ainsi, apparemment inerte, dévoré sur place par les impatiences et les angoisses de l'incertitude. Plus tard, au milieu de la nuit, allongé sur le ventre et sous le drap qui enfiévrait son épaule, il s'écria : « Non! Jamais! » et résolut de renoncer à Claire définitivement : « Il n'a qu'à l'épouser, lui! » Il passa la journée du lendemain et la nuit suivante à méditer sa décision en tournant d'une pièce à l'autre et dans la cour, ruminant inlassablement les mêmes dispositions : Renaud resterait son ami, mais leurs rencontres, désormais, seraient plus rares. Quant à Claire, il ne la verrait plus : « Pourquoi souffrir à plaisir autour d'elle? J'étais si paisible avant, si bien propriétaire de ma vie! »

Mais quand elle arriva jeudi matin, à dix heures, un couple de tourterelles s'envola du cerisier et le mouvement claquant de leurs ailes jeta des éclairs dans la tête d'Antoine car le monde entier venait de changer. Il lui sembla que Claire l'appelait par son prénom pour la première fois. Il aurait voulu se raidir, ne pas répondre à son sourire et que ses propres lèvres fussent en carton ou en pierre, mais elles le trahissaient : « Antoine! » répéta-t-elle avec une telle force fragile qu'il fit un pas en avant :

— Votre père? demanda-t-il.

— Il ne sait rien encore.

— Il serait temps de l'avertir.

— Sans doute.

— Vous lui direz que le responsable, c'est moi.

— Je veux bien.

— Et que j'ai l'intention de lui demander votre main... si vous le souhaitez.

— Je le souhaite.

Elle esquissa un sourire grave et ajouta sur un ton ferme :

— A condition que Renaud reste notre ami.

– Oui.

– Je veux qu'il soit le parrain.

Antoine marqua un temps d'hésitation. Une inquiétude l'assaillit qu'il refoula aussitôt comme on écarte un insecte qui vient de piquer. D'une voix douce mais bien articulée, Claire précisa :

– Le parrain de notre enfant.

Il crut la voir rougir alors qu'elle pâlissait et que c'était lui qui rougissait, bouleversé par l'afflux des questions évidentes qu'il refusait de poser, mais on ne pouvait exiger d'elle des conditions, des garanties, une morale conçue pour les femmes ordinaires, et la honte de se taire diffusait en lui par caprice ou paradoxe un bien-être démesuré. Déjà, les lèvres de Claire s'emparaient des siennes, devenaient les siennes. Ils se retrouvèrent dans la chambre, allongés, enlacés, dévêtus, sans prendre le temps de le vouloir ni de le savoir.

# VIII

Il avait plu jusqu'à l'aube. Insensible à la vapeur odorante que dégageaient sous les premiers rayons du soleil les buis taillés et les roses gorgées d'eau, le marquis de Tallert se promenait sans plaisir dans son jardin. Ce que Claire venait de lui avouer laissait dans sa bouche un goût amer. Partagé entre la colère et la tendresse, il piétinait l'herbe mouillée autour de la statue de Pomone et faisait la grimace en imaginant sa fille précédée d'un ventre disgracieux. Le sens du ridicule l'empêchait de réagir en père outragé et de regarder Antoine comme un suborneur. Ennemi de toute hypocrisie de conscience, il savait Claire responsable de ses actes et tenait le jeune baron de Cherchery pour le moins averti des deux : « C'est elle qui a pris les devants, je présume, et qui me force la main quand il se prépare à me demander la sienne. » Il se consolait en pensant que le prétendant imposé par les circonstances méritait, tout compte fait, son estime et passait pour un beau parti, mais ces arguments ne pouvaient dissiper la mélancolie qui le travaillait de manière sournoise et lui gâtait la satisfaction d'être grand-père : Claire, désormais, habiterait ailleurs. Une certaine lumière quitterait la maison et la vie quotidienne serait différente. C'était peut-être la fin d'une époque.

« Enfin, pourquoi sont-ils si pressés ? » soupira-t-il en posant sans un regard la main sur le bras de la statue dont la pierre humide miroitait par endroits. Marie-Christine avait attendu quatre ans pour avoir un enfant. Il se souvint de l'émotion qui s'était emparée de lui quand elle lui avait appris sa grossesse :

— Nous l'appellerons Olivier, avait-il dit.

— Et si c'est une fille ?

— Christine... ou Marie.

— Non, Claire !

En naissant, Claire avait tué sa mère et le marquis avait refusé de la voir : « C'est drôle, avait remarqué la sage-femme, elle ne crie pas. Pourtant, elle se porte bien et respire à pleins poumons. » Henri-Charles lui avait ordonné de se taire : « La paix ! Je ne veux plus en entendre parler ! » On s'était dépêché de mettre l'enfant en nourrice, près de Beaurecueil à la ferme de la Courtine tenue par Angèle Roche. Trois ans plus tard, en visite à la ferme mais toujours disposé à ignorer Claire, le marquis n'avait pu éviter sa rencontre. La petite fille, débouchant étourdiment d'un corridor, l'avait heurté, tête contre genou, mais alors, au lieu de reculer, elle lui avait pris la main et son regard, son sourire étaient si désarmants qu'il l'avait embrassée sans le vouloir : « Je l'emmène à Lharmas, avait-il dit à Angèle. Elle restera avec moi. »

Il s'éloigna de la statue, attiré par une rose qui perdait ses pétales, trancha la tige d'un coup sec à l'aide de son couteau de poche et se demanda, en gardant la fleur entre les doigts, pourquoi Claire tenait tant de place dans sa maison et pourquoi un gentilhomme de soixante ans qui n'avait besoin de personne et ne regrettait rien du passé, un seigneur fier de son expérience et de sa maturité, découvrait, un beau matin, que la jeunesse était la richesse de ce monde, qu'on ne pouvait se dispenser de vivre avec elle et qu'un rire clair valait mieux que toutes les philosophies : « C'est grotesque! » murmura-t-il en laissant tomber la fleur morte à ses pieds. Il frotta ses mains mouillées l'une contre l'autre et résolut de prévenir Isabelle. Elle l'attendait sur le perron et lui dit qu'elle savait tout : Claire venait de lui parler.

— Quand? demanda-t-il, mécontent d'être devancé.

— A l'instant. Pourquoi?

— Pour rien. Où est-elle?

— A cheval. Je suppose qu'elle est allée rejoindre à La Tuilière son futur époux.

Il lui trouva l'air grave, important, satisfait : « Elle est à son affaire », songea-t-il avec agacement. A peine l'écouta-t-il quand elle affirma qu'on n'avait pas une minute à perdre si l'on tenait à célébrer le mariage avant la fin juin, car, cette date passée, le ventre de la mariée ferait rire. Il convenait d'abord de prendre rendez-vous avec le notaire pour la signature du contrat, ensuite de prévoir une seule publication des bans au prône de la messe paroissiale après avoir obtenu de l'évêque la dispense des deux autres bans, enfin de solliciter la permission de la Cour :

— Vous êtes dans la lune, mon ami, constatat-t-elle sur un ton vif, les pommettes colorées, après avoir observé qu'il regardait ailleurs, les yeux mi-clos.

— Vous vous trompez, répondit-il. Je vous entends très bien. Permettez-moi seulement de me taire et de réfléchir tout seul.

A ces mots, il lui tourna le dos, la laissant interdite, essoufflée d'être arrêtée dans ses recommandations alors qu'elle avait encore une infinité de propos à tenir.

Le lendemain, samedi 27 mai, à dix heures du matin, Antoine, vêtu de soie, chaussé d'escarpins à boucles, fit sa demande au marquis qui l'accueillit avec hauteur et répondit sur un ton sarcastique que les circonstances ne lui donnaient aucune possibilité de refus : « Nous nous comprenons, n'est-ce pas ? » conclut-il sans attendre une réplique. Antoine acquiesça tout de même d'une voix enrouée. Pour la première fois, le marquis le regardait sans indulgence et le jugeait antipathique : ce jeune homme sans bottes, trop bien coiffé, trop grand, trop beau lui volait sa fille et se tenait planté devant lui comme un mât d'artimon. Soucieux de l'embarrasser jusqu'à la torture, il insista sur le ridicule et les inconvénients de la situation qui réclamait une série de démarches précipitées, et reprit à son compte les remarques qu'Isabelle avait faites et qui l'avaient copieusement ennuyé. Le malheureux garçon ne savait quelle contenance adopter, prêt à danser d'un pied sur l'autre ou à se frotter le menton. Henri-Charles qui ignorait tout de son duel et de sa blessure observait d'un œil sévère la pâleur de ses joues et le comparait à Renaud dont le sang courait sous la peau : « Claire a choisi le plus fade. Tant pis pour elle! Ou plutôt, tant mieux! Elle le mènera par le bout du nez. » Il réussit à le faire rougir en lui demandant si la baronne Hyacinthe de Cherchery était au courant de ses projets. Antoine répondit que non mais qu'il ne manquerait pas de faire le nécessaire, puis, las d'être intimidé, il déclara d'une voix ferme, presque brutale, que son premier désir, le plus cher était de rendre sa femme heureuse. Il paraissait si jeune en le disant, si sincère et si charmant que le marquis eut chaud au cœur : « Je n'en doute pas », dit-il en retrouvant son sourire et sa bonté naturelle.

Dimanche 2 juillet, à trois heures de l'après-midi, le contrat de mariage enregistré par Messires Régis Théaud et Daniel Motte, notaires royaux, fut signé au domicile de Mlle de Tallert devant ses parents, alliés et amis, en présence de M. le duc de Villars, gouverneur des États de Provence, dont le père avait connu Henri-Charles enfant et l'avait tenu sur ses genoux. Le parchemin ne contenait pas moins de cinq pages d'écriture, truffées de majuscules et qui débutaient ainsi :

*« Au nom de Dieu, l'an mil sept cent cinquante-neuf et le deux du présent mois de juillet, sous le règne de Louis Quinze Roy de France et de Navarre heureusement régnant, mariage a été accordé du traité des parents et amis communs des parties ci-dessous nommées, entre, d'une part, M. Antoine Ignace Donatien, baron de Cherchery, seigneur de La Tuilière, fils du défunt baron Martial de Cherchery et de Mme Hyacinthe de Varages, et, d'autre part, Mlle Claire Éponine Béatrice de Tallert, fille de M. le marquis Henri-Charles de Tallert et de défunte Mme Marie-Christine de La Roquette... »*

La cérémonie religieuse prévue pour le lendemain fut retardée d'un jour pour permettre au duc de Villars de s'y rendre, mais, finalement, M. le gouverneur des États ne vint pas et dépêcha en son nom M. de Bournissac, prévôt de la Maréchaussée. Elle se déroula à Lharmas. En cortège, mais sans ordre strict, les invités gagnèrent, à l'est du château, la chapelle romane qui ne pouvait les contenir tous. Antoine et Claire s'agenouillèrent devant l'autel pour recevoir la bénédiction de M. le chanoine Revest, curé de la paroisse, qui avait

166

tenu la mariée sur les fonts baptismaux à l'époque où le marquis de Tallert refusait de voir sa fille. Ce n'était pas le cas aujourd'hui. Henri-Charles ne regardait qu'elle, absorbé par la chaînette de topazes qui nouait sa nuque blonde. Ce bijou avait appartenu à Marie-Christine qui, lors de son mariage en 1736, avait l'âge de Claire. Le marquis avait l'impression d'entendre en latin des paroles qui n'étaient destinées qu'à lui, à son passé toujours jeune. De mémoire, il se remariait. Il portait, en dépit de la chaleur estivale, un habit à manteau taillé dans un drap d'or à réseaux sur des chausses de même étoffe doublée de soie cerise et ce costume d'apparat qui aurait pu désavantager un homme de taille médiocre comme lui, ventripotent de surcroît, lui donnait au contraire de l'éclat. A ses côtés, fardée de rouge sur fond blanc, constellée de perles, trônant dans son panier de taffetas alourdi d'une cascade de rubans, la baronne Hyacinthe de Cherchery ressemblait à une reine d'Espagne. Quelques minutes plus tôt, sur le chemin de la chapelle, elle avait pris d'autorité le bras de son fils qui en avait frémi. Il ne se souvenait pas d'avoir été caressé par elle une seule fois, mais se rappelait très bien qu'elle l'écartait d'un revers de main quand il trottinait, enfant, sur son passage. C'était sa manière à elle de le toucher. Pour l'instant, il éprouvait à genoux une dévotion sincère, heureux d'être seul avec Claire dans cette posture

167

qui les isolait du monde, sous la mélopée des mots latins chantonnés par le prêtre pour consacrer leur union devant Dieu. Renaud se tenait derrière Hyacinthe, tout près d'Isabelle de Laplane qu'il n'avait pas quittée d'une semelle depuis son arrivée à Lharmas, ceci afin de distancer Irène de Lauze dont les yeux trop brillants le gênaient. Ému comme il l'était par la cérémonie, il ne souhaitait pas être distrait. Il relevait le menton sur sa cravate de dentelle et semblait regarder au-dessus des têtes, au-dessus de l'autel le vitrail représentant saint Michel archange, mais, au secret de sa poitrine, son cœur battait fort. Isabelle, à sa gauche, attendrie, le front moite sous sa coiffure en étages, s'émerveillait de la robe à l'anglaise que la mariée avait choisie sur ses conseils et dont la soie moirée dissimulait à la perfection les premières rondeurs : « En novembre, quand naîtra l'enfant, personne n'aura souvenance des dates. Comment vont-ils l'appeler? Il faut que je me renseigne. » A la dérobée, elle épiait Henri-Charles et le trouvait magnifique dans son habit doré, heureuse de le savoir à la fête en ce jour, inquiète à la pensée qu'il serait insupportable demain quand Claire aurait quitté la maison : « Vieux grognon, j'ai l'habitude et je vous attends de pied ferme. » Elle se sentait protégée par le comte et la comtesse de Choiseul-Beaupré qui se tenaient derrière elle. Le gouverneur militaire de Sisteron n'appréciait qu'à demi son concubinage avec le

168

marquis : « A votre âge, on peut encore se marier, répétait-il. Qu'attendez-vous donc? – Son bon plaisir, répondait-elle. Il n'y tient pas. » Elle éprouvait depuis l'enfance à l'égard de son frère une admiration sans bornes qu'il ne méritait guère. Plus démonstratif que sensible, plus disert qu'intelligent, plus fringant que généreux, il passait une moitié de son existence à étudier l'opinion que ses proches avaient de lui et l'autre moitié à fortifier sa propre estime. Entre Régis Théaud et le viguier de Saint-Maximin, s'alignaient Théodore de La Roquette, Marguerite, son épouse, Clotilde, leur fille et le mari de celle-ci, Thomas de Suge qu'on avait vu l'année précédente à la soirée du 19 novembre alors qu'il n'était que chevalier servant. Avant-hier, dans la matinée, le marquis de Tallert avait embrassé son beau-frère avec moins d'émotion que d'embarras. On disait que Théodore avait les traits de sa sœur, les yeux surtout alors qu'ils étaient étoilés de rides et sans reflets, sans profondeur. Quel rapport entre ce quadragénaire aux lèvres sèches et Marie-Christine, âgée de vingt-trois ans sur son lit de mort : « Ah! Qu'on me laisse donc tranquille avec ces ressemblances de famille. Marie-Christine est unique, intangible. Sa beauté ne souffre aucune comparaison. »

Le soir même, Henri-Charles donna dans la cour du château un souper de quarante couverts répartis sur deux tables en fer à cheval, chacune illuminée par quatre chandeliers.

Après le repas, les invités s'égaillèrent dans le parc éclairé par des lanternes de papier accrochées aux arbres et balancées par une brise tiède. On riait sous les branches. Une voix de femme chanta les premières mesures de « *L'amour est un enfant trompeur* » et s'étouffa dans un cri de surprise ou de plaisir. La mariée demanda où était Renaud. Isabelle de Laplane lui dit qu'il venait de partir et ajouta : « Il avait l'air pressé. » Claire entrouvrit les lèvres sans répondre et serra très fort le poignet d'Antoine :

— Allons-nous-en! dit-elle en se tournant vers lui.

— Vous ne tenez pas à saluer votre père?

— Non! Venez vite!

Ils montèrent en silence dans la voiture. A peine assise, elle se pressa contre lui dans l'ombre, chercha son oreille avec la bouche et murmura : « Je vous aime » au moment où Cyprien, assis face aux étoiles de l'autre côté de la cloison, faisait claquer sèchement son fouet.

« Un domicile a une âme. Il faut s'entendre avec lui, composer avec lui, le traiter avec égards au lieu de se conduire en propriétaire. » Antoine se souvenait des propos de son père et s'inquiétait de savoir si Claire s'accommodait à La Tuilière et ne souffrait pas d'être dépaysée dans ces murs plus rustiques que ceux

170

de Lharmas. Entre deux caresses, il posait sur elle un regard qui signifiait : « N'avez-vous regret de rien ? » et comme elle lisait dans ses yeux, c'était sans attendre et sans effort qu'elle le rassurait : « Tout me plaît ici. J'aime cette maison, cette terre, ces bois, cette montagne. » Sa sincérité le faisait rougir de plaisir, lui donnait une confiance sans bornes : « La Tuilière, c'est moi, vous comprenez. Et maintenant, c'est vous. Je voudrais graver votre nom partout, sur chaque pierre. » Le matin, elle se levait la première alors qu'il paressait au lit, délicieusement ensommeillé par leurs étreintes de la nuit. Elle s'habillait à la diable, enfilant par la tête une robe de paysanne bien large où son ventre pouvait s'arrondir à l'aise, puis elle faisait le tour du domaine, saluait dans l'ordre Cyprien, Thibaut et Jean avec un mot aimable pour chacun, revenait dans la chambre auprès de son mari, l'embrassait et se dégageait s'il cherchait à la retenir, gagnait aussitôt la cuisine pour dire bonjour à Théréson et à Estelle : « Monsieur est bien réveillé. Vous pouvez lui apporter son café. Moi, du chocolat, comme d'habitude. » Les époux déjeunaient face à face, bol contre bol. Il la dévorait des yeux, fasciné par ses petites dents qui déchiraient d'énormes tranches de pain : « Vous me regardez mais vous ne mangez rien », lui reprochait-elle. Un matin, il avoua : « Votre appétit coupe le mien... Non, ce n'est pas cela. Je vous aime trop. Alors, mon estomac se serre. » Il lui arri-

171

vait ensuite d'être pris de fringales phéno-
ménales et d'avaler sans retenue un poulet
entier : « Vous êtes fou, disait-elle en riant. Il
est vrai que j'adore les fous. » Marchant côte
à côte, main dans la main, ils s'étonnaient parfois d'être ainsi attachés pour s'en réjouir aussitôt et penser que le monde était bien fait.

Une semaine s'écoula sans les distraire une
minute d'eux-mêmes, puis une autre commença
sur le même accord, chacun n'éprouvant aucun
souci du lendemain, aucun besoin de savoir ce
que devenaient leurs proches, aucune nécessité
de choisir un prénom pour l'enfant. Pris de
scrupule, au dixième jour, Antoine proposa à
Claire d'aller rendre visite à son père : « Nous
partirons au début de l'après-midi pour revenir
avant la nuit. Cyprien attellera le coupé. » Elle
marqua un temps d'hésitation et répondit avec
un demi-sourire : « Non. Plus tard. Il faut l'ha-
bituer à se passer de ma personne » et cette
réflexion qui pouvait paraître cruelle le fit trembler de joie : « C'est miraculeux, songea-t-il. Elle
n'aime que moi. »

Le lendemain matin, vers dix heures, elle
cueillait des marguerites jaunes en lisière du
jardin quand Renaud, monté sur Junon, pénétra dans la cour du château. Antoine qui rejoi-
gnait sa femme pour lui montrer une truite de
belle taille aperçut la tête du cavalier au-dessus
du mur d'enceinte, entre les saules que le vent
d'est échevelait sous le ciel couvert.

– Ah! dit-il en laissant choir la truite dans l'herbe.

Claire ramassa le poisson sans lâcher les fleurs et regarda fixement ses reflets d'un rose argenté.

– Renaud vient d'arriver, dit Antoine.

– Je sais, répondit-elle en levant sur lui des yeux candides. C'est une chose normale, ne trouvez-vous pas?

– Sans doute.

Il franchit l'enclos du jardin sans presser le pas, suivi à distance par Claire qui fredonnait une comptine. Renaud sauta à terre et s'arrêta tout près de Junon, la joue contre l'encolure :

– Je suis content de te voir, dit-il avec un sourire radieux.

Antoine tressaillit, dents serrées : Renaud venait de dire la vérité de tout son cœur. Impossible d'en douter. A cet instant, il ne regardait qu'Antoine, ne songeait pas une seconde à Claire qui venait d'arriver dans la cour et tenait toujours la truite entre les doigts. L'étau se desserra dans la poitrine d'Antoine comme devant un trésor perdu que l'on retrouve :

– Moi aussi, dit-il avec élan.

Alors, seulement, Renaud prit conscience réelle de Claire et prononça son prénom à mi-voix, puis, s'attachant à dissiper une émotion austère, ajouta sur un ton enjoué :

– Quelle belle truite!

— Antoine l'a pêchée à la main sous la cascade. Vous la mangerez à midi, précisa Claire.

— Nous la partagerons.

— Non! Elle est trop petite pour trois.

— Part à trois, sinon je n'en veux pas.

— Que d'histoires pour un mauvais poisson! intervint Antoine avec une pointe d'humeur. Si vous continuez, je la donne à Junon.

— Junon s'en moque. Elle préfère le foin bien propre que Cyprien va mettre dans son râtelier, répliqua Claire en adressant un sourire au domestique, et tandis que celui-ci conduisait la jument à l'écurie, elle allongea la truite sur son avant-bras pour la regarder luire sous un rai de soleil qui trouait les nuages : Elle est belle, reprit-elle d'une voix changée. C'est entendu, Renaud, part à trois.

Le repas débuta sans entrain, à cause d'Antoine qui affichait un air gourmé et semblait économiser ses paroles, mais le vin de Palette eut bientôt raison de cette attitude, un vin jaune aux reflets d'ambre dont Claire compara la saveur à celle des mirabelles, ce qui fit rire Renaud :

— C'est la couleur qui vous inspire, autant dire le costume.

— Le vin n'est pas l'affaire des femmes, renchérit Antoine.

— Mais les lieux communs sont celle des hommes, riposta Claire en décochant une œillade à Renaud.

Ce disant, elle posa la main sur le poignet

d'Antoine que ce geste anodin réchauffa jusqu'à la gaieté :

— Monstre, raconte-nous tes fredaines! s'écriat-il. Combien de présidents à mortier as-tu encore cocufiés?

— Je n'ai pas compté, répondit Renaud, soucieux de jouer le jeu bien qu'il jugeât la plaisanterie un peu lourde.

— Allons, donne-nous des détails! reprit Antoine sur le même ton gaillard. Nous en sommes friands.

— Pas moi, dit Claire avec une ferme douceur. Ce qui se passe quand j'ai le dos tourné ne m'a jamais intéressée.

— Curieuse morale, murmura Antoine dont le visage, aussitôt, s'assombrit.

— Curieuse peut-être, mais c'est la mienne, affirma Claire en posant à nouveau la main sur le poignet de son époux.

On reparla de la truite au moment de la partager. Renaud fit l'éloge de sa chair rose et félicita Antoine de l'avoir pêchée :

— Sous la cascade comment as-tu fait?

— J'ai fermé les yeux pour les ouvrir ensuite au fond de l'eau. Elle était lovée sous une pierre moussue. Mes doigts ont glissé sur elle à l'aveuglette avant d'accrocher les ouïes.

Claire réprima une grimace et repoussa son assiette sur la table :

— C'est drôle, dit-elle à mi-voix, quand j'étais petite, mon père m'appelait « la truite ». On

175

devrait toujours éviter de manger ce qui vient de mourir.

Un silence rêveur suivit ce propos déroutant. Les deux hommes cherchaient une repartie badine et n'en trouvaient aucune. Antoine vida son verre d'un trait pour le remplir aussitôt et le porter à ses lèvres sous le regard de Claire :

— Vous avez raison, dit-elle. Il faut boire quand le ciel est couvert.

Antoine se montra léger, loquace jusqu'à la fin du repas, puis il se plaignit de la chaleur étouffante, de ces nuages bas qui ne voulaient pas crever, déclara qu'il mourait de sommeil et souhaitait faire la sieste si toutefois personne n'y voyait d'inconvénient.

— Personne, dit Claire un peu étonnée. Mais je ne vous imiterai pas. Et vous, Renaud?

— Je n'ai pas l'habitude de dormir l'après-midi, répondit Renaud, tourné vers Antoine.

— Vous me tiendrez compagnie, dit Claire avec simplicité.

Antoine gagna la chambre conjugale, ôta ses chaussures et s'allongea sur le lit, les yeux grands ouverts, en se demandant ce qu'il était venu faire ici, car il n'avait aucune envie de dormir, aucun désir, non plus, de se retrouver seul : « Je vais les rejoindre. Ils pourraient profiter de mon absence... » mais cette pensée lui fit honte : « J'aurais l'air de les surveiller. C'est indigne. » Il crut entendre la voix de son père : « Je ne sais rien de plus mesquin que de confondre le sentiment et le calcul, l'émotion et le soupçon, l'amour et l'amour-propre. » Il se dit qu'il n'avait pas le droit de ressembler à sa mère et résolut de ne pas bouger, de rester allongé sur le lit pour se donner une leçon.

Quand, après avoir roulé indéfiniment dans sa tête les mêmes souvenirs tronqués, les mêmes appréhensions, il consentit une heure plus tard à se lever pour paraître dans la cour, il constata que le ciel était dégagé et que le sol pavé éclatait de lumière crue. Il fit quelques pas en direction du jardin et jugea naturel de ne voir personne à cause du soleil. Il pensa que Claire et Renaud s'étaient réfugiés à l'ombre, rebroussa chemin et gagna les communs. En passant devant la grange, il faillit ouvrir la porte pour regarder dans le foin et cette tentation malpropre, humiliante laissa comme une brûlure sur sa peau. En traversant l'aire, il heurta de la jambe le rouleau de marbre et la douleur lui arracha un juron. Il se mit à marcher très vite jusqu'au ruisseau, attiré par le feuillage des trembles comme par une idée fixe. Alors, la fraîcheur des arbres et l'odeur de l'eau l'inquiétèrent au lieu de l'apaiser tandis que, marchant à pas de velours, il croyait entendre craquer l'herbe humide et la mousse. Il écarta une branche basse qui lui balayait le visage, le temps de reconnaître entre les feuilles Claire dans sa robe mauve. Elle lui tournait le dos, assise sur une souche aux côtés

177

de Renaud dont les épaules empêchaient de voir le ruisseau. Apparemment, leurs mains n'étaient pas unies et leurs flancs ne se touchaient guère mais leur attitude recueillie inclinait à penser qu'ils étaient proches par le cœur. Antoine ressentit une profonde souffrance associée au déshonneur de violer une intimité :

— C'est moi, dit-il d'une voix rauque.

Claire et Renaud se retournèrent en sursaut et lui sourirent avec un tel accord, une telle spontanéité, une telle absence de gêne ou d'arrière-pensée qu'il sentit la confiance et la paix lui revenir. Renaud se leva :

— Assieds-toi, dit-il en lui montrant la place qu'il venait de quitter sur la souche.

— Oui, asseyez-vous, Antoine, dit Claire. Vous verrez comme on est bien.

Antoine remarqua qu'elle avait les pieds nus et qu'ils trempaient dans l'eau. Leurs taches blanches entourées de reflets verts le troublèrent aussi violemment que si Claire avait ôté sa robe :

— Rentrons, dit-il.

— Déjà! murmura Claire. Vous ne vous êtes même pas assis.

— Restez, si vous voulez. Moi, je rentre.

Claire se leva en s'accrochant à son bras et, debout sur la souche d'un noir luisant, lui jeta un regard de douceur inflexible qui l'intimida :

— Entendu, dit-elle. Je vous suis.

— Moi aussi, ajouta Renaud, mais à peine

arrivé au château, il déclara qu'il lui fallait partir, regagner Aix.

Claire ne prononça pas un mot pour le retenir et Antoine s'en étonna :

— Tu pourrais souper avec nous et t'en aller à la fraîche.

— Non, merci. J'ai passé une bonne journée en votre compagnie, mais le temps presse.

— Je vois. L'amour n'attend pas, dit Antoine.

Renaud secoua la tête pour ne pas entendre cette réflexion triviale ou la chasser de sa mémoire. Il enfourcha Junon d'un bond et se retourna sur la selle pour étendre le bras et saluer de la main, doigts écartés. Antoine le regarda s'éloigner sous le soleil oblique et ne put s'empêcher d'admirer l'immobilité de son dos au moment où Junon prenait le trot :

— Il est impatient de retrouver Irène de Lauze, dit-il alors qu'il ne le pensait pas.

— Peut-être, mais cela ne me concerne en rien, répliqua Claire sur un ton serein.

— Toujours votre morale.

— Toujours! Cela vous blesse?

— Non! Il faut seulement que je m'habitue.

Elle lui prit la main, la pressa dans la sienne. Il faillit perdre contenance, s'attendrir avec démesure, avouer qu'il était malheureux comme un fou sans cesser pour autant d'être heureux et qu'il ne souhaitait pas de changement. Elle effleura ses lèvres du doigt pour l'empêcher de parler et jura qu'elle l'aimait, qu'elle ne vivait que pour cela. Ils soupèrent

179

en tête à tête sans mot dire, échangeant à chaque bouchée des caresses avec le regard. Ils ne se dévêtirent dans la chambre qu'à la nuit tombée devant la fenêtre ouverte où l'air sentait le thym et le roseau mouillé.

— Pourquoi êtes-vous si beau? murmura-t-elle en l'attirant contre son ventre gonflé.

Ce n'est qu'au petit jour, le lendemain, qu'elle lui annonça son intention de se rendre à Lharmas afin de revoir son père. Sans hésitation, il s'enquit de la date de son départ :

— Aujourd'hui, dans la matinée, si vous êtes d'accord, précisa-t-elle.

Il hocha la tête en signe d'assentiment et attendit qu'elle lui demandât de l'accompagner, ce qu'elle fit avec retard sur un ton réfléchi :

— Non, je préfère rester ici, répondit-il en détournant sèchement les yeux.

## IX

LE marquis n'avait pas voulu accompagner Isabelle à Aix où elle devait faire des emplettes indispensables selon elle, superflues selon lui : « Venez! Cela vous distraira », avait-elle dit. Ce conseil l'avait mis de méchante humeur : « Me prenez-vous pour un enfant? Je n'ai pas besoin de distraction. Et puis, je n'aime pas la ville, vous le savez bien. » Il se retrouvait seul, satisfait de l'être et d'étudier sans témoin le vide que le départ de Claire avait laissé dans sa maison. Par un étrange paradoxe, il évita d'abord de réfléchir et s'agita de la cave au grenier sous prétexte de mettre de l'ordre. Il s'attarda à la cuisine pour suivre Berthe pas à pas et fatiguer Marion de recommandations inutiles, puis se précipita dans la cour, arracha une touffe d'herbe entre deux pavés, récura le bassin de la fontaine, changea l'eau de l'abreuvoir, gourmanda Pierrot qui poussait de travers une brouette emplie de sable, gagna l'écurie et s'arrêta devant un compartiment vide, celui de Flambard, le bai

181

brun qui avait suivi Claire à La Tuilière. Il se tourna vers Bayard qui renâclait pour attirer son attention : « Elle est partie, mon petit, dit-il. Elle nous oublie. » Il donna une tape sur le dos du poulain et se dit que cet animal sans cervelle était cause de tout : « Sans lui, les deux garçons ne seraient jamais venus à Lharmas. » En quittant l'écurie, il se représenta sans effort de mémoire Antoine et Renaud attablés le 5 novembre devant lui : « Nous avons parlé de Soubise et de Hiedburghausen. Ils discutaient avec passion en pensant visiblement à autre chose et ma fille buvait leurs paroles, l'esprit ailleurs. C'est ainsi que la jeunesse se moque gentiment des pères et leur fausse compagnie. » Le bruit de la fontaine lui donna soif. Il emboucha le goulot de fer et but à longs traits l'eau fraîche qui avait l'âpreté du silex : « Je préfère encore perdre ma fille que la voir changer », songea-t-il en essuyant ses lèvres d'un coup de poignet. C'était cela surtout qu'il redoutait : qu'elle ressemblât aux autres, qu'elle devînt une épouse respectueuse des conventions, adoptant les idées de son mari, le vocabulaire de son mari, les plaisanteries de son mari, une mère plantureuse entourée d'enfants élevés au sein selon la nouvelle mode et les préceptes de Théodore Tronchin, médecin de Son Altesse le duc de Chartres. Il le redoutait mais n'y croyait guère. Claire serait toujours une exception. C'est une vérité qu'il avait pressentie le premier jour quand la petite fille, arrivant de Beaurecueil et quittant pour jamais sa nourrice, avait pris possession de Lharmas, trottinant sans hésitation d'une porte à l'autre, se jetant dans les bras de Marion, souriant à tout le monde, aussi peu dépaysée dans sa nouvelle maison que le maître de céans. Et, déjà, ses gestes naturels avaient une telle grâce, une telle harmonie dans leur vivacité que le marquis, sous le charme, l'avait surnommée « la truite ». A cette époque, Henri-Charles n'avait pas encore rencontré Mme de Laplane. Il vivait en célibataire, assisté en tout bien tout honneur par une cousine sans âge et sans beauté, Émilienne d'Urtis, qui administrait son linge, ses armoires et sa nourriture avec l'autorité d'une sœur tourière. Quand ce parangon de vertu avait résolu de prendre en charge l'éducation de Claire, chacun avait craint − le marquis d'abord, les domestiques ensuite − qu'elle ne tyrannisât l'enfant ou ne l'assombrît. Mais, se jouant des bonnes manières qu'on lui dictait et des principes austères qu'elle récitait par cœur, l'élève avait désarmé son mentor et lui avait appris à sourire. Trois ans plus tard, la demoiselle d'Urtis avait cédé la place à Isabelle de Laplane dont elle ne pouvait tolérer la présence et les prétentions sur un territoire considéré par elle comme sien. Isabelle s'était tout de suite intéressée à Claire, lui avait enseigné l'art de bien parler, le peu de mathématique et de latin qu'elle savait, secondée par Henri-Charles qui leur lisait, de temps à autre, une page de La Bruyère. A douze ans, l'adolescente pensionnaire au couvent des Ursulines avait découvert l'ennui et le mystère des appétits confinés. Après l'avoir trouvée changée, pâle à la première visite, morose à la deuxième, son père l'avait ramenée au château : « Votre insouciance m'inquiète, mon ami, lui avait reproché Isabelle. Qui donc s'occupera d'elle à présent? »

Le marquis frappa dans ses mains pour chasser une pie qui venait de se poser devant lui sur un vase de marbre fleuri de géraniums. Sans un regard pour l'envol de l'oiseau, il gravit les marches du perron et se souvint d'un jugement de l'abbé Foubert choisi comme précepteur sur les conseils du chanoine Revest : « Je n'ai jamais rencontré quelqu'un d'aussi éveillé. » L'abbé n'osait pas dire : « d'aussi intelligent » car il s'agissait d'une fille. Claire adorait ce prêtre au visage ingrat qui lui vouait un véritable culte et s'émerveillait de sa mémoire : « Elle comprend tout, retient n'importe quoi en s'amusant, les vers latins autant que la géométrie. »

Il monta au dernier étage et s'enferma sous les combles dans un débarras où régnait une atmosphère étouffante. Sa première réaction fut d'ouvrir l'œil-de-bœuf qui donnait sur le parc, mais il n'en fit rien et demeura immobile au milieu de la pièce et des objets poussiéreux entassés dans le désordre, saisi par l'odeur surchauffée du passé. Il ouvrit une malle contenant les robes de Marie-Christine, n'en retira aucune, se contenta de plonger la main dans la soie, de remuer les doigts avec douceur sans regarder, puis ferma le couvercle et les yeux et s'assit sur la malle : « Dix-neuf ans, déjà ! » songea-t-il. Marie-Christine était morte le 13 août 1740, quelques heures après la naissance de Claire. Henri-Charles ne pardonnait pas au médecin d'avoir affirmé qu'elle se portait bien alors qu'elle tremblait de fièvre une semaine avant l'accouchement : « Tempérament mélancolique, contenance nonchalante et peau sèche. Cela explique tout », avait déclaré cet homme féru de certitudes : « Je ne connais rien de plus sot qu'un savant fier de l'être », murmura le marquis.

Un bruit discret le fit sursauter :

— Qui est là ? gronda-t-il en colère contre l'importun.

— Moi ! répondit une voix qui enflamma ses joues.

Il ouvrit la porte avec élan et se trouva si près de Claire qu'il n'eut qu'à refermer les bras sur elle sans avancer d'un pas.

— Mais d'où viens-tu ? Que viens-tu faire ici ? demanda-t-il sans entendre ce qu'il disait.

— De La Tuilière, mon père. Je viens vous voir. J'en avais grand besoin.

— Grand besoin, répéta-t-il, au comble du bonheur. C'est Marion qui t'a dit que j'étais là ?

— Non. Je n'ai vu personne.

— Alors, comment as-tu su me trouver?

— J'ai su.

Il s'écarta légèrement pour mieux la regarder, lire et relire son visage en lui tenant les mains.

— Ne restons pas ici. On étouffe, dit-il, pressé de quitter ce local qui sentait la mort.

Au bas de l'escalier, il s'arrêta pour reprendre son souffle d'un air méditatif alors qu'il ne pensait à rien, occupé par la main de sa fille qu'il ne lâchait pas.

— Viens! s'écria-t-il soudain.

— Où donc?

— Dans la cour, dans le parc, peu importe. Je veux marcher sur mes terres avec toi.

Il l'entraîna au jardin, et comme elle admirait les roses, il lui demanda sur un ton innocent s'il y avait des fleurs à La Tuilière.

— Oui, répondit-elle.

— Aussi belles?

— Différentes. Je n'ai pas l'habitude de comparer ce que j'aime.

— En somme, le mariage te convient.

— Mais oui. Pourquoi?

— Pour rien.

Ils se défièrent du regard, puis éclatèrent de rire. Elle rougit, un peu confuse d'avoir ri, et lui confia sur un ton grave qu'elle aimait Antoine qui la rendait heureuse. Il devint sérieux à son tour, la fit asseoir sur le banc de pierre, près de la statue, et reconnut qu'il se félicitait d'avoir pour gendre un garçon aussi

186

estimable. Il voulut savoir si elle était venue de La Tuilière à cheval. Elle dit qu'il lui déplaisait de monter en amazone, que Cyprien l'avait conduite en voiture et viendrait la chercher demain matin : « Déjà! » songea-t-il sans oser le dire. Elle s'étonna de n'avoir rencontré personne en arrivant. Il expliqua que Mme de Laplane, accompagnée de Renouvier, se trouvait à Aix et qu'elle ne rentrerait que le soir.

— Il me tarde de l'embrasser, dit-elle en se levant pour s'éloigner de quelques pas et revenir vers lui. Pourquoi me regardez-vous comme ça?

— Ce n'est pas toi que je regarde, mais ton ventre. Avez-vous choisi un prénom pour cet enfant?

— Pas encore.

— Olivier me plairait.

— Et si c'est une fille?

— Jeanne. Mais ce sera un garçon.

Il se leva et dit qu'il souhaitait aller jusqu'au bout du parc avec elle. Cependant, à la sortie du jardin, il affirma qu'ils avaient mieux à faire et se dirigea d'un pas vif vers l'oliveraie. Elle observa qu'il s'essoufflait en marchant et se troubla secrètement en découvrant qu'il avait vieilli. Elle lui conseilla sur un ton badin de s'arrêter à l'ombre, le temps d'éponger son visage inondé de sueur, mais il n'entendait rien, impatient de lui montrer à la pointe des branches les olives naissantes qui n'étaient que

187

des fleurs onze jours plus tôt quand elle avait quitté Lharmas pour La Tuilière.

— En novembre, tu viendras nous aider à les ramasser, à les baigner dans la cendre.

— En novembre, j'accoucherai, mon père... si Dieu le veut.

— Pardonne-moi! dit-il d'un air coupable après s'être mordu la lèvre. Quand tu es là, je perds la notion du temps.

Il lui prit la main, la serra pour la lâcher aussitôt, désigna les souches caverneuses des oliviers qui avaient gelé en 1709 et lui conta cet hiver de légende et de terreur : la terre recouverte de glace à perte de vue. Le ciel comparable à un bloc de verre. Les vignes qu'on arrachait pour se chauffer et, sous les arbres craquelés, les oiseaux morts, durs comme du roc.

Ils regagnèrent le château avec le sentiment d'avoir dit l'essentiel. Il ne leur restait plus que le plaisir d'être ensemble et le soulagement d'échanger des propos sans conséquence. Marion qui mettait le couvert faillit lâcher une assiette en voyant apparaître Claire. Dans son trouble, elle l'appela « Mademoiselle » et corrigea aussitôt : « Oh, pardon, Madame! » alors que Claire riait et lui plantait un baiser sonore sur chaque joue : « Tu me rajeunis, Marion! »

Le père et la fille dînèrent en tête à tête, de bon appétit. Il lui parla du viguier de Saint-Maximin qui avait rompu avec sa maîtresse Jeanne de Courson, de la foire aux chiens qui devait se tenir dans trois semaines à Ollières et de Pacha, son louvet d'Espagne, qui avait le genou enflé : « Les chevaux de bonne race sont comme les gentilshommes. Ils refusent de vieillir. » Dans l'après-midi, il lui montra deux livres de prix que Marius Tennevin, commerçant bibliophile, lui avait apportés et vendus à domicile : *L'Homme machine* de Julien Offray de La Mettrie et *Zadig ou la destinée* de M. de Voltaire. Elle voulut savoir ce que signifiait le titre : « L'homme machine » et, sans répondre directement à la question, il expliqua que pour La Mettrie les facultés de l'âme dépendaient du tempérament, du milieu, de l'alimentation, des maladies et que la rupture d'une simple fibre pouvait faire d'Érasme un insensé et de Fontenelle un imbécile. Il s'exprimait avec aisance, satisfait de briller devant sa fille qui l'écoutait, les yeux luisants, attendrie par ses rides, tandis qu'il songeait lui-même entre deux phrases bien articulées : « Elle ne ressemble pas à Marie-Christine, mais son attention est identique. » Claire lui demanda ce qu'il pensait de M. de Voltaire. Il déclara sans emphase et tout à trac : « Il m'irrite autant que je l'estime. On jurerait qu'il se moque de lui et qu'il cligne de l'œil en écrivant. Pourtant, il ne craint pas de regarder la vérité en face et de toiser ses ennemis. Et puis, il me fait rire. Tiens, écoute! » Il ouvrit à la page marquée par un signet le petit volume en maroquin olive et lut avec une sorte de gourmandise : *« L'amour-propre est un*

189

*ballon gonflé de vent dont il sort des tempêtes quand on lui fait une piqûre. »*

Mme de Laplane arriva plus tôt que prévu et manifesta à la vue de Claire une joie qui n'avait rien d'apprêté. En l'embrassant, elle l'appela « ma fille », ce qui émut la jeune femme et parut déplaire au marquis. Isabelle qui n'avait rien remarqué se tourna vers lui, avoua qu'elle se sentait lasse, que la chaleur dans les rues d'Aix l'avait épuisée, vannée, et qu'elle souhaitait souper de bonne heure afin de pouvoir se coucher tôt. Claire l'approuva du regard et reconnut qu'elle ne tenait pas à veiller non plus. Son intervention surprit Henri-Charles qui bougonna : « Entre deux poules, me voilà bien loti. » Au cours du repas, Isabelle évita de poser des questions à Claire, préférant attendre des confidences spontanées, mais comme celles-ci ne venaient pas, elle lui demanda des nouvelles de Renaud de Saint-Pons. Claire répondit sur un ton mesuré qu'il se portait à merveille, qu'elle l'avait vu hier, qu'il avait passé la journée à La Tuilière en sa compagnie et celle d'Antoine qui avait pêché dans la matinée une truite superbe. Elle parut s'animer en mentionnant ce détail qui laissa ses auditeurs peu réceptifs. Isabelle dit qu'elle se réjouissait d'avoir fait la connaissance de Renaud lors de la cérémonie du mariage. Elle gardait le souvenir d'un homme secret qui marquait les lieux de sa présence.

— On prétend, ajouta-t-elle en s'adressant à

Claire, qu'il est du meilleur bien avec Irène de Lauze. Je ne trouve pas qu'ils soient faits l'un pour l'autre. Et vous?

– Je n'en sais rien. C'est leur affaire et non la mienne.

Isabelle, déconcertée par cette réplique, avait trop d'éducation et de fierté pour revenir à la charge. Elle se contenta de sourire et d'alimenter par intermittence la conversation qui languissait un peu.

Elle dormait profondément dans la chambre quand, une heure plus tard, le marquis, allongé à ses côtés, crut entendre un léger bruit venant de l'escalier. Il glissa une jambe hors du lit et se leva aussi discrètement que possible, sans motif apparent, car les meubles craquaient volontiers dans la nuit et ce n'était pas une raison pour monter la garde. Alors, pourquoi ouvrait-il la fenêtre avec précaution? Quel besoin avait-il de se pencher au-dehors et de regarder à terre les reflets indécis de la lune? Sa main se crispa sur le volet comme pour l'arracher. Une ombre légère se détachait du mur, fuyait dans le parc : « Mon Dieu, se dit-il, elle marche pieds nus. » Gorge serrée, il referma doucement la fenêtre et se recoucha, les yeux écarquillés dans l'obscurité, presque heureux.

En bordure du champ de vigne étendu de l'aire au ruisseau, Antoine, accompagné d'Estelle et de Jean, récoltait des pêches. Sous les arbres frais, il écartait les feuilles de son visage, tirait les branches à lui et détachait les fruits avec ardeur, insensible à leur peau duvetée, à leur odeur exquise. L'agitation de ses doigts accaparait son esprit, lui permettait de ne pas attendre Claire, d'oublier qu'elle pouvait arriver d'un moment à l'autre. Il avait résolu de ne pas se retourner quand on entendrait rouler le coupé sur la route. Claire serait obligée de venir jusqu'à lui, de lui parler dans le dos alors qu'il continuerait à cueillir des pêches. C'était justice de lui montrer qu'on avait profité de sa leçon, qu'on était libre soi-même, indépendant comme elle, indifférent si nécessaire. Mais quand Estelle et Jean s'écrièrent en chœur : « La voiture! », il faillit renverser son panier en le posant à terre et ne put retenir ses pas, persuadé de marcher dignement alors qu'il courait presque. Dans la cour, il croisa et salua de la main Cyprien qui s'éloignait vers la remise avec le coupé. Claire se tenait près de la fontaine où elle venait de boire. De fines gouttelettes d'eau brillaient au-dessus de ses lèvres et Antoine s'en approcha comme un voyageur qui meurt de soif : « Ce trajet n'en finissait plus, la voiture n'avançait pas », haleta Claire quand leurs bouches se désunirent, puis reprenant souffle, elle lui demanda ce qu'il avait fait durant son absence. Il répondit sur un ton grave : « Je vous ai attendue. » Elle posa le menton sur son épaule et se serra contre lui avec une énergie convulsive : « Vous me rendez chaque jour plus heureuse », confessa-t-elle. Il se dit qu'il était l'homme le plus fortuné de la terre et le plus bête d'en avoir douté, que le présent ne mentait pas, ne trichait jamais, à la différence des idées qu'on se fait, des questions qu'on se pose. Claire existait dans ses bras, plus aimante, plus vivante et plus vraie que le reste du monde.

Une heure plus tard, dans leur chambre aux volets clos, elle lui dit, en remettant sa robe, qu'elle souhaiterait désormais se rendre à Lharmas tous les lundis. Assis sur le lit, à moitié nu, il ressentit une brûlure sous les côtes et répéta d'une voix sans timbre : « Tous les lundis. — Oui, reprit-elle avec calme, je reviendrai chaque fois le lendemain matin. » Il approuva d'un mouvement de tête. Elle remarqua qu'il fuyait son regard sans bouger ni manifester l'intention de s'habiller. Elle le rejoignit, s'agenouilla au pied du lit, lui prit les mains, lui dit qu'elle l'aimait et que l'amour était pour elle le contraire du mensonge : « Si je devais me gêner avec vous, hésiter avant de vous demander quelque chose, m'inquiéter de vous déplaire au moment de faire ce qui me paraît bon, j'aurais le sentiment de mentir. »

Les jours suivants s'écoulèrent pour eux dans une quiétude parfaite, un bien-être qui semblait leur ôter la faculté de penser. Jamais rassasiés d'être ensemble, ils éprouvaient à se regarder, à se taire, à s'écouter, à s'étreindre, à se déprendre un plaisir sans cesse renouvelé. Cet état de grâce dura jusqu'au dimanche 23 juillet. Là, dans la soirée, Antoine donna les premiers signes de fébrilité. A plusieurs reprises, au cours du souper, puis à la veillée sur un banc du jardin, il faillit demander à Claire de ne pas se rendre à Lharmas mais cette supplique resta plantée dans sa gorge comme une écharde. Claire qui le voyait changer d'expression et le sentait travaillé par l'anxiété se montrait de plus en plus douce, de plus en plus tendre, et cette douceur, cette tendresse exaspéraient en secret le désarroi d'Antoine.

Il se leva le lendemain deux heures avant l'aube, quitta la chambre alors que Claire dormait encore, réveilla Cyprien et l'aida à atteler Faraude. Claire, ensommeillée, les rejoignit dans la cour, devant le coupé :

— Il fait encore nuit, dit-elle. Je n'étais pas si pressée de partir.

— Ainsi, vous gagnerez du temps, répondit-il. Je pensais vous être agréable.

Il l'embrassa sur la joue et lui tourna le dos. Avant de monter dans la voiture, Claire fit un pas vers la fontaine, trempa sa main dans le bassin, la promena sur son front et demanda à Dieu de protéger son mari : « Faites, Seigneur, qu'il ait confiance en notre amour sans avoir nécessité de souffrir! »

Cette prière fut entendue. Antoine accepta comme un sacrifice rituel de se séparer tous les lundis de ce qu'il avait de plus cher. L'absence temporaire de Claire lui devint au fil des jours naturelle dans son anomalie. Il finit même par attendre malgré lui cette absence et par la désirer d'une certaine manière car elle préparait le retour du mardi, annonçait la joie des retrouvailles. Mais surtout, il cessa de s'interroger. Par exemple, il refusait en toute sérénité de savoir pourquoi Claire ne lui demandait jamais de l'accompagner à Lharmas ni pour quelle raison lui-même n'en manifestait pas le désir alors qu'il aimait et estimait son beau-père. Claire lui parlait de temps à autre du marquis, lui faisait part de ses réflexions sans s'étonner du mutisme qu'on lui opposait ni du peu d'intérêt qu'elle suscitait. Un jour, elle lui révéla en souriant que le vieil homme souhaitait baptiser son petit-fils Olivier. Antoine répondit que ce prénom agricole lui déplaisait à la différence de Laurent ou de Gautier : « Alors, ce sera Gautier », conclut Claire.

L'été de plus en plus chaud s'acheva par un orage qui déracina un saule après avoir fait déborder le ruisseau. En automne, les poiriers perdirent leurs feuilles encore vertes et les beurrés d'Arenberg tombèrent dans l'herbe avant d'avoir mûri. Bientôt la grossesse de Claire approcha de son terme. La jeune femme dit à Antoine qu'elle accoucherait à La Tuilière s'il le désirait mais qu'elle serait plus tranquille à Lharmas auprès de Marion qui l'avait vue naître et de Mme de Laplane qui connaissait une sage-femme de grand mérite. En fait, elle voulait d'abord rassurer son père qui se montrait fiévreux.

Lundi 30 octobre, à dix heures du matin, Antoine attela le coupé et le conduisit lui-même. Une pluie fine faisait luire la croupe de Faraude quand la voiture pénétra dans la cour de Lharmas :

— Enfin, te voilà! dit le marquis en embrassant sa fille. J'espère qu'Olivier ne se fera pas attendre, lui!

— Pardon, intervint poliment Antoine, nous avons décidé de l'appeler Gautier.

— Comme vous voudrez, répliqua le marquis en rougissant.

# X

DEPUIS que Renaud cherchait manifestement à l'éviter, c'était la première fois qu'Irène venait le surprendre à domicile. Jusqu'alors, un reste d'orgueil l'en avait empêchée. Incapable de se résigner à l'idée qu'il ne l'aimait plus, elle se tenait à l'affût d'un mouvement de sa part et comptait sur sa propre discrétion pour réveiller son ardeur et sa vanité masculines. Mais, ce matin-là, l'impatience et l'angoisse d'apprendre la vérité l'avaient écartée de toute fierté et précipitée de l'hôtel de Lauze, rue du Lévrier, à l'hôtel de Belcodène, rue de la Croix-Jaune. Accueillie par Baptiste au salon, elle avait refusé de s'asseoir, pour attendre l'infidèle debout, entre deux fauteuils, avec, sur la langue, une provision de reproches. Hélas, à son arrivée, elle n'avait réussi à échanger avec lui que des réflexions anodines et voilà qu'à présent elle se contentait de le regarder avec un sourire timide qui pouvait signifier : « J'existe. Ne l'oubliez pas. » Cette conduite troublait Renaud et lui donnait mauvaise conscience alors qu'une attitude hostile, un concert de jérémiades et de griefs auraient provoqué son indifférence en l'irritant quelque peu. Il redoutait le moment où Irène s'approcherait de lui, les mains tendues, s'accrocherait à lui. Alors, la compassion généreuse qu'elle lui inspirait, alliée à la chaleur communicative de son corps, mettrait sa propre volonté à rude épreuve, le ferait peut-être mentir, et ça, il ne le voulait en aucune manière. Irène ne méritait pas qu'on s'amusât d'elle sous prétexte de la consoler. Il n'était pas assez lâche non plus pour se dérober devant une explication, mais comment dire crûment la vérité sans ressentir la honte d'être cruel?

— Cela fera un an et dix jours que nous nous connaissons, dit-elle à mi-voix.

Il hocha la tête comme pour répondre : « Le temps passe! » Réaction inepte qui balaya la timidité d'Irène :

— Vous n'êtes plus le même, Renaud. J'ai le droit de savoir pourquoi. Si vous en aimez une autre, dites-le!

Pris de court mais sans être désarçonné pour autant, il répliqua comme on va à l'assaut :

— Je le dis!

— Très bien! soupira-t-elle, les joues décolorées.

Il aurait souhaité l'embrasser pour la remercier de ne pas gémir, de ne pas l'interroger, de ne pas verser une seule larme, et l'impossibilité où il se trouvait de lui témoigner son estime le peinait sincèrement : « Mon Dieu, songeait-il avec candeur, pourquoi ne peut-on aimer sans faire souffrir? Ce n'est pas normal. » Cependant, Irène, plantée au milieu de la pièce, lèvres serrées comme une figure de cire, ne manifestait aucune intention de prendre congé, n'esquissait aucun mouvement vers la porte et Renaud, en dépit de ses fermes résolutions, commençait à faiblir, à ne plus savoir que faire de ses mains vides quand Baptiste lui annonça la visite d'une « personne au service de M. le marquis de Tallert ». Il s'excusa auprès d'Irène sur un ton presque allègre et gagna rapidement le vestibule où l'attendait Marion.

— Mme de Cherchery a un petit garçon, déclara la servante en rougissant pour avoir failli prononcer : « Mlle Claire. »

Renaud demeura comme étourdi, ébloui, aveuglé. Ce qu'il venait d'apprendre était trop considérable pour éclairer sa conscience. Aussi répondit-il au hasard, sans entendre ce qu'il demandait :

— Depuis quand?

Marion ne jugea pas la question déplacée et répliqua avec autant d'énergie que d'accent :

— Depuis cette nuit. Il est né à une heure du matin. Il s'appelle Gautier. C'est Madame qui m'a chargée de vous prévenir.

— Mme de Laplane?

— Non! Mme de Cherchery.

Il était si heureux qu'il se mit à rire sans s'en

douter, puis il mordit sa lèvre et, d'une voix grave, demanda des nouvelles de la mère. Marion le rassura tout de suite, affirmant que Madame ne s'était jamais si bien portée. Alors, Renaud, hilare, les yeux embués, répéta deux fois : « Gautier! » comme si le berceau se trouvait devant lui. A travers le sourire de Marion, il voyait le visage et les petits bras de l'enfant. Il se retint de crier : « C'est mon fils! J'ai un fils! », remercia la servante sur un ton de ferveur et d'emphase qui ne lui était pas habituel et regagna le salon :

— Claire de Cherchery vient d'avoir un garçon, dit-il, oubliant à qui il s'adressait.

— Ah! répondit Irène avec un regard acéré.

— Il faut que je parte, reprit-il, emporté par l'égoïsme et la cécité de la joie.

— Oui, partez! répliqua-t-elle, la mort dans l'âme. Attendez! Je sors avec vous.

Il s'inclina, s'effaça devant la porte pour la laisser passer, mais elle se retourna vers lui dans l'escalier :

— C'est elle, n'est-ce pas?

— Je ne comprends pas.

— Claire de Tallert... Mme de Cherchery, c'est elle que vous aimez.

— Vous perdez le sens! dit-il sans la regarder et, passant devant elle, il se rua dans la cour, gagna l'écurie, houspilla Fabret : Vite! Aide-moi! Quel jour sommes-nous?

— Dimanche 5 novembre, Monsieur.

Il sursauta : c'était le 5 novembre de l'année

200

précédente que Claire était entrée dans sa vie en tenue de cavalier. Cette conjoncture entre l'anniversaire de leur rencontre et la naissance d'un garçon lui parut un signe miraculeux. Il enfourcha Junon avec amour :

– En route, ma pouliche! Gautier nous attend.

Un quart d'heure plus tard, quand il aperçut le toit du château de Lharmas entre les ormeaux jaunissants de l'allée, un scrupule étranger à sa nature lui fit retenir la jument couverte d'écume : « A quoi bon rêver! Cet enfant ne sera jamais le tien. Il n'héritera ni de ton nom ni de ton bien. Et cette famille qui va t'accueillir dans un instant ne sera jamais la tienne, non plus. » Raisonnement péremptoire qui refroidit son enthousiasme sans éteindre pour autant ses convictions diffuses, ni le bien-être qui coulait dans ses veines au mépris des conventions, de la logique et du bon sens. Cependant, lorsqu'il pénétra dans la chambre de Claire sous la conduite de Renouvier, il faillit revenir sur ses pas, se jeter dans l'escalier, rebuté par tous les gens qui péroraient et se pressaient autour du lit. Au centre, trônait Simon Janoiret, membre de la Société royale de médecine, professeur de botanique à l'université d'Aix, quadragénaire aux sourcils épais, drapé de noir, féru de science. Tourné vers le marquis de Tallert, il se félicitait de l'état de santé de l'accouchée en même temps que des soins prodigués sur ses instructions par Mme Legras, la sage-femme :

« L'huile d'amandes douces a fait merveille. »
Il exultait pour avoir prédit la naissance d'un
garçon et s'en attribuait le mérite doctoral :
« A cause de l'œil dextre qui est plus mobile
chez la femme enceinte et à cause du tétin
droit plus volumineux que le gauche quand
elle attend un fils au lieu d'une fille. » Sans
un regard pour le nouveau-né, il s'émerveillait
de sa peau fraîche, de son teint clair et remer-
ciait Mme Legras d'avoir fait correctement sa
toilette : « Un bain d'eau tiède et de vin rosé,
il n'y a rien de tel, à condition d'y laisser
macérer des feuilles de myrtille. » Il recommandait à Lucie Savournin, la nourrice, de
frotter la bouche et le palais de l'enfant avec
un peu de thériaque et de miel avant de lui
donner à téter pour la première fois. Soudain,
fatigué de s'écouter parler sur le même ton
serein, il s'emporta contre les partisans de l'allaitement maternel, accusant les philosophes
de se mêler de ce qui ne les regardait pas.
Isabelle de Laplane lui fit remarquer que ces
hommes de pensée ne faisaient que suivre les
préceptes de la médecine moderne. Elle avait
lu récemment dans un livre savant, traduit de
l'anglais, que l'allaitement maternel correspondait à l'ordre de la nature. Elle estimait
que l'on devait peser le pour et le contre et
ne pas repousser d'emblée les idées nouvelles.
Simon Janoiret répliqua avec acidité qu'il se
méfiait de la mode en matière de science autant
que du caprice des femmes oisives : « Ces per-

202

sonnes, Madame, veulent bien allaiter leur nourrisson en public, afin d'être citées en exemple. Mais ne leur en demandez pas davantage. » Henri-Charles lui donna raison : « Cet engouement de salon sent l'écritoire et me paraît bête comme une plume d'oie. Je ne souhaite pas que ma fille se donne en spectacle avec mon petit-fils pendu à la mamelle, tel un chevreau sous la chèvre. » Le médecin applaudit à cette repartie, loua sa pertinence et son bel esprit, puis changeant de sujet, demanda à Mme Legras pourquoi elle n'avait pas emmailloté le poupon : « C'est moi qui le lui ai défendu », répondit Claire. En reconnaissant la voix aimée, Renaud qui, depuis son arrivée, se tenait à l'écart des bavards, fit deux pas en avant et réussit à s'approcher du lit. Isabelle, Antoine et le marquis, étourdis jusque-là par les discours du professeur, le saluèrent au passage mais il n'y prit garde, absorbé tout entier par le visage de Claire, par ses paupières moites, ses lèvres enfiévrées qui gardaient leur apparente douceur, sa chevelure éparpillée sur l'oreiller : « Merci! » murmura-t-elle. Alors, à côté d'elle, dans le même lit, sur un oreiller plus petit, bordé de dentelle, Renaud découvrit la tête de Gautier pas plus grosse qu'une pomme de reinette, ainsi qu'une main minuscule écartant en étoile sur le drap cinq doigts diaphanes : « Il est beau, votre filleul! » lui dit le marquis. Renaud était trop ému pour l'approuver. Il lui suffisait de voir l'enfant respirer et de s'en étonner comme d'un prodige. Simon Janoiret voulut savoir pourquoi la jeune mère refusait d'emmailloter son fils. Isabelle de Laplane répondit à la place de Claire : « Un nouveau-né doit être libre de ses jambes. C'est une hérésie de l'entraver, de l'emprisonner sous les bandelettes. » A la surprise générale, le médecin se déclara de son avis : « La compression des membres inférieurs et du bassin menace de contrefaire les organes en croissance et je ne doute pas qu'elle lèse finalement les mouvements des poumons et du cœur. Vous voyez, Madame, que je ne suis pas adversaire de la science moderne! » précisa-t-il en écartant cérémonieusement Renaud pour se pencher sur le nourrisson : « Ce qui me plaît chez Gautier, reprit-il avec entrain, c'est qu'il appartient au tempérament bilieux. Le blanc de son œil et la clarté de sa peau le prouvent aisément. Les bilieux n'ont point la gaieté et l'enjouement des personnes sanguines, mais toutes leurs passions sont fortes. On les considère comme prédestinés à l'amour » et, tourné vers Antoine, il ajouta : « Je présume qu'il tient de son père. Il lui ressemble, d'ailleurs. » Antoine, étrangement gêné par la présence de Renaud, réprima un geste d'agacement : « Non, dit-il. Gautier ressemble à sa mère » et d'une voix fluette mais ferme, Claire intervint immédiatement : « Il ne ressemble à personne, sinon à lui-même », tandis que Renaud échangeait avec Antoine un sourire fragile.

La baronne Hyacinthe n'arriva qu'en fin d'après-midi, alors que Simon Janoiret, lesté d'un dîner plantureux, prenait congé de ses hôtes. Furieuse d'avoir été prévenue la dernière, elle joua la sagesse offensée, prenant son rôle de grand-mère au sérieux, tournant sans cesse autour du lit sans toucher à l'enfant mais accablant sa bru de conseils, son fils de directives, Isabelle, la marraine, de suggestions, Renaud, le parrain, de sous-entendus, et Lucie Savournin, la nourrice, d'affronts : « Couvrez donc votre poitrine, ma fille. Nous ne sommes pas dans une étable. » Antoine, exaspéré, se retint à deux reprises de lui rappeler qu'elle n'était pas chez elle et ferait bien d'y retourner au grand soulagement de tous. Elle ne se montra aimable qu'envers le marquis qu'elle complimenta sur sa bonne mine et sur son costume qui n'avait rien d'original. Henri-Charles l'observait et l'écoutait avec un sourire intéressé. Cette créature insupportable l'amusait.

Le baptême de Gautier fut célébré deux jours plus tard, à onze heures du matin. Renaud, conscient du sérieux de sa tâche, fronçait les sourcils à la manière d'un élève qui a bien retenu sa leçon : garder la main sur le petit corps au moment où Isabelle inclinerait celui-ci sur les fonts baptismaux. Et quand le chanoine Revest prononça le mot sacramentel « Ephpheta » en versant l'huile des catéchumènes sur la poitrine et le dos de l'enfant, quand il récita en latin la confession de foi à laquelle le parrain et la marraine répondirent conjointement, quand il fit le signe de croix sur la tête de Gautier ointe du saint chrême, Renaud ne cessa de trembler intérieurement à l'idée de perdre, sur un écart inconsidéré d'Isabelle, le lien sacré que ses doigts entretenaient avec le nouveau-né. Son émotion n'avait pas échappé à Antoine qui ne le quittait guère des yeux, troublé par la solennité de son visage. A présent, la marraine venait de recouvrir le nouveau-né d'une robe blanche brodée de fleurs d'argent et le parrain tenait à la main un grand cierge allumé. Antoine le regardait sans amertume en songeant à Gautier dont personne ne saurait jamais qui était le véritable père, et, contre toute attente, cette énigme ne le faisait que modérément souffrir.

Henri-Charles avait fait promettre à son gendre de ne pas regagner La Tuilière avant que Claire ne fût rétablie. Pour le convaincre, il avait dit : « J'ai besoin de vous avoir ici » et ce mensonge avait étouffé les dernières réticences d'Antoine. Simon Janoiret, de son côté, avait prescrit à l'accouchée un repos de deux semaines à cause d'une fièvre tenace mais « de bonne nature », et ce délai que Claire jugeait fastidieux avantageait le marquis qui se réjouissait de garder le plus longtemps possible auprès de lui sa fille et son petit-fils. Depuis le baptême de Gautier, il éprouvait le besoin d'être entouré, de vivre dans une « maison pleine »

206

dont Renaud faisait partie maintenant, sans référence aux liens du sang. Le vieux gentilhomme ne pouvait plus se passer de lui et l'attirait à Lharmas sous des prétextes divers. Il y réussissait d'autant mieux que Renaud venait de découvrir les joies de la famille dont le comte Ambroise de Saint-Pons l'avait frustré dès l'enfance en provoquant sa crainte et son dégoût du foyer, son mépris des rites domestiques, sa méfiance à l'égard de toute relation légitimée par l'usage et la durée. Et voilà qu'aujourd'hui, Renaud prenait plaisir à s'asseoir à la même table, entre les mêmes personnes, autour du même feu. La compagnie d'Isabelle et du marquis lui inspirait une quiétude filiale et le rapprochait d'Antoine comme d'un frère d'armes retrouvé. Leur accord prenait une sorte d'acuité nerveuse lorsque Claire quittait la chambre et venait se joindre à eux, pâle encore, les traits tirés et attendris par un sourire qui les bouleversait. Parfois, Lucie Savournin traversait la pièce pour aller rejoindre Gautier, mais avant qu'elle ne disparût dans l'escalier, le marquis l'appelait, réclamait son petit-fils, et la nourrice revenait, une minute plus tard, chargée du fardeau précieux qu'elle déposait dans les bras de Claire. Ce geste était suivi d'un silence rare, durant lequel chacun observait, sans pouvoir faire autrement, le visage de l'enfant illuminé par le reflet dansant des flammes. Alors, Renaud adressait à Antoine un regard discret qui pouvait dire : « Tu vois. Tout rentre dans l'ordre. Il faut laisser faire le temps et ne plus se poser de questions. »

Le samedi 11 novembre, Antoine fut appelé d'urgence chez sa mère. Le billet que lui apporta de bonne heure un messager à cheval ne contenait que ces mots : *« Il m'est indispensable de vous rencontrer promptement. »* La signature illisible ressemblait à une griffure et se terminait par une tache. Antoine eut la surprise, en arrivant rue Cardinale, de trouver sa mère sereine et nullement impatiente de le voir : « Vous avez bien fait de vous presser », dit-elle sur un ton léger qui semblait indiquer le contraire. Il lui rappela les termes du billet, l'adjectif « indispensable » et l'adverbe « promptement » : « J'ai cru qu'il s'agissait d'un événement grave. Me suis-je trompé ? » s'étonna-t-il. « Oh, que non ! » répliqua-t-elle sur le même ton de mondanité, pour déclarer aussitôt qu'elle avait le dessein de faire restaurer la terrasse de l'hôtel, notamment le dallage et la balustrade. Elle lui demandait son avis, sinon son autorisation en tant qu'héritier : « A ce titre, notez bien, je pourrais vous réclamer une participation aux frais. Mais, rassurez-vous, je n'en ferai rien. » Il demeura interloqué. Que cherchait-elle ? Pourquoi l'avait-elle appelé ? Pour le consulter à propos de l'hôtel ? Évidemment non ! Dans ce domaine, elle n'avait besoin de personne, faisait fi du moindre conseil, n'obéissant qu'à ses caprices. Alors, pourquoi ? Déjà elle parlait d'autre chose, de

Claire qui avait mauvaise mine après l'accouchement, de Renaud qui faisait un étrange parrain avec sa balafre de soudard, et de Gautier qui ressemblait à son grand-père : « Le même nez de croquant, à l'opposé du vôtre. » Entre deux remarques, elle l'observait d'un œil vorace, à l'affût d'une grimace de sa part ou d'une réaction plus vive encore. Soudain, rongeant son frein, il comprit : « Depuis que j'ai une famille, elle est jalouse et ne supporte pas d'être tenue à l'écart. Alors, elle me blesse pour attirer mon attention sans pour autant s'intéresser à moi. Au fond, je crois qu'elle commence à vieillir. » Elle voulut le retenir à dîner. Il répondit qu'il regrettait de ne pouvoir accepter car on l'attendait à Lharmas. Elle insista en le dévisageant : « Un dîner en tête à tête. Vous n'allez pas me faire croire que je vous intimide. » Gêné, il détourna les yeux, faillit avouer : « Oui, vous m'intimidez car nous ne sommes pas de la même race. Vous êtes mûre, avare, jalouse et je suis jeune » et préféra mentir sur le mode ironique : « Vous savez bien, ma mère, que je me trouve toujours parfaitement à l'aise avec vous. » Elle revint à la charge : « Donc, vous refusez mon dîner. C'est dommage. J'avais des révélations à vous faire. » Il répliqua sur un ton neutre : « Je n'en doute guère » et son incuriosité la mit en rage. « Dans ces conditions, dit-elle d'une voix sifflante, nous n'avons plus rien à nous apprendre. Vous pouvez vous en aller. » Elle l'accompagna jusqu'à la porte palière et fit un geste à l'adresse de quelqu'un qu'il n'avait pu voir, un geste nerveux qui signifiait : « Partez! Cachez-vous! Ce n'est pas l'heure de vous montrer. » En s'engageant dans l'escalier, il aperçut au bas des marches un homme corpulent qui s'enfuyait et qui, au moment de disparaître, se retourna de profil. Antoine reconnut Marcellin Plauchut et, sans hésiter ni réfléchir une fraction de seconde, l'appela poliment par son nom, pour confondre Hyacinthe, peut-être, lui jouer un bon tour, se venger d'elle sans le vouloir. L'agioteur se figea, le front bas, le menton appuyé sur la poitrine comme un bouvier qui s'apprête à marquer une bête.

— Oui? dit-il d'une voix étouffée, tandis que la baronne, dressée sur le palier, le fusillait du regard.

— Je suis Antoine de Cherchery, heureux de vous connaître.

Marcellin, ébahi, rougissant, fit un pas en avant. Antoine le rejoignit :

— Il faudra venir me faire visite à La Tuilière, reprit-il avec simplicité. Je vous montrerai ma dernière acquisition : le terrain du Collet. A l'occasion, vous me donnerez des conseils.

— Je n'y manquerai pas, bredouilla Marcellin.

Il voulut ajouter quelques mots aimables mais n'y parvint pas, et ne sachant que faire de ses mains épaisses comme des battoirs, les dissimula dans son dos; puis, reprenant ses esprits, soucieux de prouver qu'il n'avait rien d'un paysan ni d'un valet, il réussit à dire sur un ton qui ne manquait pas d'allure :

– Je remercie Monsieur le baron de n'avoir pas honte de ma roture.

Une porte claqua au premier étage. Ce bruit comparable à un coup de carabine sépara les deux hommes qui se quittèrent sans un mot.

Des filaments blafards voilaient le soleil de onze heures quand Antoine, bien en selle, passa la porte de Bellegarde, satisfait de s'éloigner d'Aix et de perdre sa mère de vue. Vingt minutes au petit trot lui suffirent pour atteindre le croisement de Lharmas. Il allait emprunter l'allée sablée qui menait au château, lorsqu'au détour d'un fourré, son cheval se trouva nez à nez avec Junon montée par Renaud.

– Où vas-tu? demanda-t-il.

– Nulle part. Je me promène, répondit Renaud.

Antoine entra distraitement dans l'allée. Renaud le suivit, le dépassa, puis se ravisa, arrêta Junon et déclara qu'il ne souhaitait pas retourner au château car son dessein, pour l'instant, était de dégourdir sa jument.

– Tu pourrais m'accompagner, ajouta-t-il.

Antoine tourna bride, éperonna Sultan et s'élança entre deux arbres, dans un champ de chardons. Renaud, sur une embardée, le rattrapa et tous deux galopèrent avec fureur, surexcités par la fièvre électrique de leurs montures qui se frôlaient. Ensemble, ils poussèrent le même cri pour enlever Sultan et Junon au-dessus d'un muret et jouir ensuite de la retombée dans un envol de poussière. Alors, pesant sur le mors, ils éclatèrent de rire en se regardant. C'était la première fois depuis un an qu'ils chevauchaient côte à côte, et cet événement leur redonnait une âme de célibataire. Insouciants avec gravité, ils allaient au pas, maintenant, sous une bruine qui humectait leurs fronts et pacifiait leurs cœurs :

— C'est un bon exercice. Il faudra recommencer, dit Antoine.

A l'horizon, l'église du Tholonet sonna midi. Renaud attendit le douzième coup pour répondre :

— Oui!

Ils regagnèrent le château où Mme de Laplane et le marquis jouaient au trictrac en les attendant, alors que Claire, assise à l'écart devant la fenêtre, lisait sans plaisir apparent *Clarisse Harlowe*, un roman de Samuel Richardson traduit par l'abbé Prévost. Isabelle arrêta les pions sur le damier, avertit les jeunes gens que le dîner n'était pas près d'être servi et leur proposa une partie de bassette : « Nous sommes cinq, c'est parfait, à condition que Claire veuille bien se joindre à nous. » Claire dit qu'elle n'y tenait pas : « Les cartes m'ennuient. Tous les jeux m'ennuient », précisa-t-elle d'une voix mesurée. Isabelle s'étonna de cette repartie : « On ne joue d'ordinaire que pour se distraire », remarqua-t-elle. « Moi, je

212

n'ai pas besoin de me distraire », affirma Claire en refermant son livre d'un coup sec. Isabelle s'approcha d'elle et lui conseilla avec douceur de se reposer : « Vous avez de la fièvre. Vous n'auriez pas dû vous lever. » Claire répliqua, sans élever le ton, qu'elle avait de la fièvre à force d'être enfermée et que son intention était de sortir demain. Le marquis, soucieux de ne pas la contredire, voulut savoir ce qu'elle pensait de *Clarisse Harlowe*. Elle répondit que ce roman languissant l'irritait à cause de l'héroïne trop molle à son gré : « Je n'aime pas cette vertu qui pleurniche. Et quand Lovelace lui fait boire un somnifère pour abuser d'elle, j'ai l'impression que l'auteur en administre un autre à ses lecteurs. » Henri-Charles se mit à rire : « Ce que j'apprécie chez ma fille, dit-il, c'est qu'elle a de l'esprit sans en faire. » Mais Claire ne riait pas. Au cours du repas, elle fit allusion à Lucie Savournin qui recouvrait d'un drap de laine le berceau de Gautier : « Sous cette tente opaque, mon fils suffoque. J'ai défendu à Lucie d'agir ainsi, mais dès que j'ai le dos tourné, elle recommence, sous prétexte qu'un enfant doit être protégé des courants d'air. » Isabelle lui fit aimablement remarquer qu'on ne s'inquiétait jamais assez des courants d'air, en automne surtout : « Si je comprends bien, dit Claire en posant délibérément son couteau sur le bord de l'assiette, vous préférez l'air étouffé. » Le marquis sourit à Isabelle d'un air entendu afin de lui éviter une réplique, puis il fit l'éloge de Lucie Savournin dont les qualités répondaient, selon lui, aux recommandations d'Ambroise Paré qu'il se complut à citer de mémoire : « *Il faut que la nourrice soit jeune, entre vingt-cinq et trente ans, qu'elle ait enfanté au moins deux fois, avec des veines bien dilatées sur les mamelles, qu'elle soit carrée de poitrine et bien croisée d'épaules.* » Renouvier entra dans la pièce et posa sur une chaise une lourde corbeille emplie de poires longues : « Je me suis dépêché de cueillir les dernières à cause de la grêle », dit-il, et l'on observa que sa veste était trempée. « Il grêle donc ? » s'enquit Antoine, surpris de n'avoir rien entendu : « Oui, Monsieur le baron, très fort. Et ce n'est pas fini », répondit l'intendant. Alors, Claire demanda à son père la permission de se lever de table et déclara : « Demain, qu'il grêle ou qu'il vente, je ne resterai pas entre quatre murs. »

Elle tint parole et se leva, le lendemain, une heure avant le jour. Au moment de quitter la chambre, elle s'approcha du lit, regarda Antoine qui dormait ou faisait semblant, et le trouva changé, avec des traits moins réguliers, moins lisses que naguère comme si leur perfection commençait à s'user, et, bien qu'elle le préférât ainsi, elle s'en fit le reproche : « S'il est moins jeune, c'est ma faute. Je lui crée trop de soucis. » Elle étouffa un soupir, lui sourit avec amour et sortit.

La nuit se dissipait au-dehors dans une transparence mauve. Jamais Claire n'avait éprouvé à ce point le sentiment de renaître. Le ciel pâle absorbait sa fièvre, revigorait comme une eau de roche son visage et ses yeux. A chaque pas marqué sur la terre dure, elle avait l'impression que son ventre redevenait tout plat, tout neuf. La certitude d'être guérie et la perspective de monter à cheval lui donnaient envie de chanter, de parler fort, de dire à tout le monde qu'elle allait bientôt remettre des bottes et sa culotte de cavalier. Elle se dirigea vers l'écurie mais s'arrêta en route : « Non, pas tout de suite! », rebroussa chemin et gagna le jardin. Le soleil apparut derrière un poirier, illuminant les grêlons qui restaient accrochés aux branches et dont certains glissaient en fondant sur les feuilles de cuivre. Au-dessus de l'arbre, un grand trou de lumière allait à la rencontre du ciel bleu et Claire se réjouit du présage : « Il fera beau. » En marchant sur le tapis de millepertuis que Marion et Renouvier appelaient « l'herbe de Saint-Jean », elle retrouva l'odeur de sa première promenade au jardin. Le marquis l'avait surnommée « petite truite » parce qu'il n'arrivait pas à lui tenir la main et qu'elle glissait toujours entre ses doigts, courant et se faufilant au milieu des fleurs sans en casser une seule. Elle décrocha de sa robe une branche de rosier et sourit d'un air songeur : « Ils s'imaginent tous que je suis indépendante. Quelle erreur! Il m'est impossible de vivre en l'absence des êtres que j'aime. Seulement, je ne conçois pas la fidélité comme une chaîne. » Elle quitta le jardin, pressée d'entrer à l'écurie, de revoir Flambard et Bayard. Cela faisait douze jours qu'elle n'avait pas touché un cheval. L'idée de flatter de la main son bai brun, de caresser le petit rouan truité, de lui parler à l'oreille, l'échauffait d'un besoin impérieux ; mais en arrivant, elle trouva Renouvier et Pierrot qui garnissaient les mangeoires. Alors, trop émue pour se donner en spectacle, elle demanda à l'intendant de « sortir Bayard » pour juger de ses progrès en pleine lumière. Renouvier lui conseilla d'attendre audehors. Claire recula de dix pas vers la cour, puis l'entendit crier à l'intérieur et le vit passer la porte d'un air sourcilleux en tirant le poulain par la longe. Il expliqua que l'animal avait « fait des siennes » au moment où on le détachait :

– C'est un sujet difficile, ajouta-t-il. On jurerait qu'il n'aime pas l'homme.

Il entra avec Bayard dans un champ clos qui servait de parc de dressage :

– Il est encore trop tôt pour le travailler à la longe, dit-il, mais nous allons le lâcher et le laisser courir.

Étourdi de se sentir libre, le rouan demeura sur place une seconde, le temps de regarder à droite et à gauche et de humer l'air matinal, puis son énergie explosa : une ruade d'abord, d'une violence inouïe, double coup de pied à la lune, ensuite une série ininterrompue de sauts de mouton et de cabrioles, caprice et désordre harmonieux de vigueur, de souplesse. Il ne touchait le sol que pour rebondir comme si l'herbe fauve avait un pouvoir élastique. Claire retenait sa respiration : il avait pris de l'étoffe et des proportions presque normales, encore jeune de tête et grêle de jambes, mais déjà « bien éclaté du devant », le front large et les naseaux dilatés à souhait. Elle admirait son œil de petit démon, d'une vivacité folle et suivait les mouvements de ses oreilles, un modèle du genre selon Solleysel : *« petites, étroites, droites, bien plantées en haut de la tête et fermes en leur place »*. Elle observa de profil Renouvier dont le visage peu expressif lui fit perdre patience :

— Quand pourrai-je le monter?

— Dans quinze mois, Mademoiselle. Pas avant.

— Mais pourquoi?

— Il faut un temps pour tout, Mademoiselle. Pour les chevaux comme pour le vin. On ne débouche pas une bonne bouteille avant terme.

— Dis-moi ce que tu penses de lui.

— Il a du corps, du rein, de l'haleine et du fond. Il lui manque encore trois cents livres pour devenir une grande personne. Mais il faudra le couper.

— Jamais! Tant que je vivrai, il restera entier.

Considéré à juste titre comme un expert en la matière, Renouvier n'avait pas l'habitude d'être contredit. Le marquis de Tallert avait toujours approuvé ses remarques et suivi ses

217

conseils. Mais la jeune femme venait de s'exprimer avec une telle autorité, une telle ardeur qu'il resta bouche bée avant d'avaler sa salive et de répondre :

– Alors, attendez-vous au pire, Mademoiselle. C'est un cheval qui aura toujours de la peine à obéir.

– Il m'obéira! Je le prouve.

Elle entra dans le parc, appela le poulain d'une voix nette. Il cessa immédiatement de caracoler et chauvit des oreilles pour montrer qu'il avait bien entendu, puis les coucha et reprit ses cabrioles. Claire l'appela à nouveau, de manière impérative cette fois, mais sans impatience. Alors, Bayard fit demi-tour et s'arrêta en évitant de la regarder en face. Elle s'approcha de lui pas à pas en murmurant des mots doux alors qu'il baissait la tête, les oreilles agitées de frissons. Soudain il s'ébroua, renâcla, piaffa et se jeta de côté, les membres en suspens. On crut qu'il allait bondir, mais cette fois, Claire l'avait devancé : sa main droite négligea la longe pour crocheter l'anneau du licol sous le menton, tandis que la gauche se posait comme un sceau sur le front du rouan :

– Tu es un ange, dit-elle dans un souffle.

A toucher le poil chaud, elle éprouvait une émotion et un plaisir qui lui parurent nouveaux : « On dirait qu'il s'agit de mon premier cheval. » Elle lâcha l'anneau, prit la longe et promena sagement Bayard, en diagonale d'abord, puis en rond. Renouvier la félicita

218

d'un air sérieux, persuadé que la scène à laquelle il venait d'assister échappait à la logique ordinaire.

— Tu vois, c'est un cheval qui aime les femmes, dit-elle en lui adressant une œillade.

— Non, Mademoiselle, il n'aime que vous, répliqua-t-il sans se dérider.

Le soir même, après la veillée, elle fit part à Antoine de son désir de regagner La Tuilière. Elle attendit qu'il fût déshabillé et couché pour se glisser dans le lit et lui signifier ses autres souhaits : « J'aimerais, comme naguère, dit-elle, me rendre tous les lundis à Lharmas pour revenir chez nous le mardi matin. Mon père a pris l'habitude de ces visites et s'est entiché de son petit-fils. Avec votre permission, je pourrais, chaque fois, lui amener Gautier. » Antoine approuva sans réticence. Claire lui baisa la tempe du bout des lèvres et reprit : « Je vous suggère aussi d'inviter une fois par semaine Renaud à La Tuilière. — Bien sûr ! » répliqua Antoine, le cœur battant. A la seconde, il se reprocha d'avoir répondu sans réfléchir, car enfin, « une fois par semaine », n'était-ce pas excessif ? Claire ajouta sur le même ton paisible mais d'une voix légèrement voilée : « Il a besoin de voir son filleul. C'est notre devoir de le lui permettre. Nous pourrions arrêter un jour. » Ici, Antoine écarquilla les yeux dans le noir : « Arrêter un jour, répéta-t-il. Je ne comprends pas. — Un jour de la semaine qui lui conviendrait, précisa Claire.

219

Par exemple, le vendredi, si vous êtes d'accord. » Elle lui prit la main sous le drap. Il ferma les paupières, le cœur serré sans être triste, et répondit qu'il était d'accord.

Quand, le mercredi 15 novembre, en fin d'après-midi, la voiture conduite par Renouvier pénétra dans la cour de La Tuilière, Cyprien se précipita pour ouvrir la portière et abaisser le marchepied, mais, à l'intérieur, il ne trouva que Lucie Savournin et Gautier. Antoine et Claire, chevauchant côte à côte, suivaient à distance. Claire, en tenue de cavalier sur Flambard, s'imaginait qu'elle montait Bayard et rayonnait : « Je suis heureuse d'arriver chez nous de cette manière », dit-elle. Cyprien prit Gautier dans ses bras pour permettre à la nourrice de descendre de voiture, puis il regarda l'enfant longuement en le tenant tout près de son visage :

— Eh bien, Cyprien, à quoi penses-tu? demanda Antoine joyeusement en mettant pied à terre.

— A Monsieur votre père, répondit le domestique.

# XI

« RENAUD viendra peut-être demain », dit Claire, et comme Antoine se taisait, attentif aux étincelles dans la cheminée, elle ajouta : « Demain, c'est vendredi. – Oui, je sais », répliqua-t-il à mi-voix. Dehors, la neige tombait depuis midi, à flocons rapides et serrés. Le silence de la campagne ensevelie traversait les murs, enveloppait la pièce de coton, imprégnait les objets et s'arrêtait devant les flammes qui chuchotaient entre deux craquements. Cela faisait un mois déjà que Renaud n'était pas venu à La Tuilière. Naguère, il arrivait le vendredi matin vers dix heures pour repartir à l'aube le samedi, et ce rite sans failles avait duré deux ans. Lors de sa dernière visite, il avait déclaré qu'il devait se rendre à Saint-Pons auprès de son père malade : « Pourquoi nous laisse-t-il sans nouvelles? » demanda Claire, insoucieuse de la réponse. Antoine lui signifia d'un geste qu'il n'en savait rien. Il aurait souhaité lui parler de Gautier qui marchait maintenant comme un petit homme, savait dire merci, s'il vous plaît et je veux, mais elle n'avait pas l'intention de veiller. Il se leva, la suivit dans la chambre, la regarda se déshabiller avant de faire comme elle, attendit qu'elle fût allongée sur le dos, les yeux mi-clos, pour entrer dans le lit, se presser contre elle, mais elle l'écarta avec douceur : « Non, pas encore. » Il obéit sans aucun ressentiment, la gorge serrée, et se dit qu'elle était bizarre ou fatiguée à cause de Bayard qu'elle montait depuis quatre semaines deux fois par jour, après l'avoir ramené de Lharmas pour l'installer définitivement à La Tuilière où il tenait une place énorme. On ne parlait que de lui. Cependant, Antoine aimait trop les chevaux pour méconnaître les qualités exceptionnelles du rouan, ne pas crier d'admiration devant ses prouesses d'allure, mais c'était son caractère ombrageux qui l'inquiétait, cette fièvre excessive que Claire semblait partager avec l'étalon dès qu'elle le touchait.

Il la regarda dans l'obscurité, reconnut son profil de mémoire sans en distinguer les traits, écouta son souffle imperceptible et constata qu'elle dormait déjà. Il se rappela qu'elle n'avait jamais sommeil le vendredi, pendant et après la veillée. Renaud couchait au-dessus de leur chambre, au même étage que Gautier, dans une pièce traversée par le vent du nord car il ne fermait pas la fenêtre. Et jamais Claire n'avait aimé Antoine avec autant d'ardeur que ces nuits-là. Elle le réveillait à tout moment sous des prétextes divers et leurs étreintes étaient coupées de rires nerveux, apparemment dépourvus de raison. Cette folie durait jusqu'au petit jour. Alors, main dans la main, le visage défait par l'amour, ils assistaient au départ de Renaud dont le salut amical et généreux leur faisait un peu mal.

Claire tourna la tête sur l'oreiller, écrasant sa chevelure dont Antoine respira l'odeur. Il ferma les yeux, ébloui par un souvenir d'été : elle courait dans l'herbe, pieds nus, et se laissait tomber face au soleil, toute blonde. Au moment de l'enlacer, de lui tendre les lèvres, elle le traitait de bandit. Il sourit avec tendresse, et, par antithèse, songea à sa mère qui n'aimait personne. Elle était venue à La Tuilière pour le deuxième anniversaire de Gautier, accompagnée de Marcellin Plauchut qu'Antoine avait invité personnellement. L'agioteur, corseté de brocart, le cou engoncé dans une cravate de taffetas, triomphait avec pudeur, les joues pourpres. Renaud était de la fête, ainsi que le marquis de Tallert, Isabelle de Laplane, le comte et la comtesse de Choiseul-Beaupré, Renouvier, Marion, Théréson, Cyprien, et tout ce monde s'extasiait devant Gautier qui savait déjà se tenir droit. Avec surprise, Antoine avait observé que sa mère avait l'air triste. Mécontente, irritée, furieuse, rien d'étonnant à cela; mais triste, c'était la première fois. D'abord, il avait pensé que sa morosité provenait de l'allégresse générale, de cet optimisme familial qu'elle réprouvait et dont elle se félicitait d'être exclue, mais bientôt, son expression chagrine l'avait sournoisement affecté. C'était, pour lui, comme une statue dont la pierre s'écaillait, se fendillait. Sa mère n'était plus de marbre. Elle avait vieilli. Il voulut se souvenir d'une réflexion du marquis à propos de la décrépitude et du *De senectute* de Cicéron, mais cet effort de mémoire le plongea dans un brouillard épais qui l'endormit.

Il faisait grand jour dans la chambre quand il se réveilla. L'absence de Claire, matinale par vocation, lui parut normale. Sans hésiter ni se frotter les paupières, il repoussa les draps, sauta à bas du lit, ouvrit la fenêtre et demeura figé par le spectacle de la neige qui recouvrait la campagne à perte de vue, arrêtait toute pensée, l'étouffait dans sa blancheur éclairée sans éclat, sans la moindre luisance, par un soleil voilé. En face, les chênes du Cengle, couverts de poudre, inertes et serrés comme des moutons, montaient la garde. Sur la commode, l'eau de la cuvette était gelée. D'une chiquenaude, Antoine brisa la glace avant de mouiller sa figure, s'habilla sans attention, descendit à la cuisine, but une gorgée de café tiède et sortit dans la cour. La neige craquait sous le talon de ses bottes et lui donnait un plaisir d'enfant, celui d'écraser du sel, d'écouter les cristaux qui cassent sous la meule, s'effritent et se mélangent pour devenir du feutre. Il évita le jardin et se dirigea vers les communs, mais à peine eut-il dépassé la grange qu'il ne put faire un pas, stupéfait par la montagne de Sainte-Victoire que la neige transfigurait. On eût dit que le roc qui barrait l'horizon inventait des couleurs étranges, des abîmes sans fond et dressait de nouvelles arêtes, de folles dentelures sur le ciel sans oiseaux. Antoine ne pouvait imaginer que son pays pût changer ainsi du jour au lendemain. Il baissa les yeux, attiré par les traces d'un renard et celles d'un animal plus petit, une fouine peut-être, et d'autres encore, bien différentes, assez légères pour évoquer la démarche de Claire, et qu'il suivit comme un chasseur à la recherche d'un gibier rare. A la limite des champs, sous les trembles et les saules pétrifiés, il frôla de la nuque une branche et tressaillit en recevant sur le cou une pelote glacée. C'est alors qu'il l'entendit rire et l'aperçut soudain derrière un buisson, bien plantée sur ses bottes et le guettant d'un œil avide : « Vous vous levez bien tard. Quel dommage, un jour pareil! » dit-elle en lui prenant la main pour l'entraîner au bord du ruisseau : « Écoutez! reprit-elle. L'eau coule sous la glace. Vous l'entendez? » Il tendit l'oreille et fit non de la tête. Elle s'impatienta : « Vous pensez trop. Vous finirez par ne plus sentir les choses. » Elle l'embrassa sur la joue avec élan et dit qu'elle était heureuse à cause du froid : « J'aime la Provence quand il gèle », puis elle voulut rentrer au plus vite pour s'occuper de Gautier, lui apprendre à parler correctement, sans oublier, auparavant, de saluer Bayard à l'écurie. Il l'observait de profil en marchant, séduit et troublé par sa vitalité. Leurs pas craquaient en même temps et cet accord lui faisait plaisir. Ils arrivaient sur l'aire à découvert quand elle lâcha sa main, agrippa son bras pour orienter son regard : « Mon Dieu! Je le savais », murmura-t-elle. Un cavalier pas plus gros qu'une fourmi se détachait sur la neige au loin : « C'est lui! s'écria-t-elle. Je savais que cette journée serait différente des autres. » La joie d'Antoine fut si vive qu'il dégagea son bras pour serrer à son tour celui de Claire et signifier ainsi : « Je suis aussi heureux que vous. N'en doutez pas! »

Renaud sauta de sa jument, les sourcils blancs de givre, les lèvres et la balafre décolorées par le froid. Il dit que la route de Rians était coupée par des congères et qu'un bûcheron de Saint-Antonin avait abandonné sa charrette et son chargement. Il paraissait très satisfait de ces événements et regardait ses amis en souriant comme s'il les voyait pour la première fois. Claire, le souffle court, lui demanda ce qu'il avait fait pour les oublier si longtemps. Il répondit que son père avait failli mourir et qu'il n'avait pas compté les jours :

– Sauf les vendredis, ajouta-t-il sur un ton plus sérieux qu'enjoué.

Claire emboîta le pas de Cyprien qui conduisait Junon à l'écurie, et fit signe aux deux hommes de la suivre. Elle s'arrêta devant Bayard et consulta Renaud du regard. Il fit l'éloge de l'étalon, insista sur l'harmonie de ses proportions, sur la sécheresse de la tête déchargée de chair et sur la longueur de l'encolure, rappelant à ce propos un dicton des Arabes : *« Sans fléchir les jambes, il pourrait boire dans un ruisseau coulant à fleur de terre. »*

— A l'occasion, j'aimerais bien le monter, dit-il.

Claire hésita une fraction de seconde, puis répondit avec un demi-sourire :

— Cet après-midi, si le temps s'améliore. Mais je vous préviens qu'il déteste les hommes.

— Eh bien, je serai ravi de le faire changer d'avis, répliqua Renaud en donnant une tape sur la croupe du rouan.

Antoine, qui tenait difficilement en place, fit remarquer à Claire qu'on ne recevait pas ses amis à l'écurie. Elle en convint de belle humeur et prit le bras de Renaud impatient de revoir Gautier. A peine eut-il ouvert la porte du salon que l'enfant, averti de son arrivée, cria : « Parrain! » et courut vers lui en titubant. Renaud le cueillit à deux mains, le regarda dans les yeux et murmura son prénom avant de le poser à terre, alors qu'Antoine, pénétré du jugement de Salomon, répétait mentalement pour se donner du courage : « On ne saurait couper l'amour en deux. » A présent, le parrain qui s'efforçait de cacher son émotion jouait avec le filleul accroché à ses jambes, mais Claire estima qu'un petit garçon ne devait pas se conduire comme un chat et se frotter aux bottes d'un monsieur. Ce n'était ni joli ni décent. Elle voulut asseoir le gamin sur un coussin mais il lui échappa, gagna la fenêtre et, le nez collé sur la vitre, demanda « pourquoi c'était tout blanc ». Claire lui donna quelques explications qui le laissèrent apparemment incrédule. Alors, Renaud affirma avec simplicité que, pour bien comprendre les choses, il fallait d'abord les toucher, et, comme personne ne semblait disposé à le contredire, il prit Gautier par la main et l'entraîna dans la cour. L'enfant fit deux pas et s'arrêta, intrigué de ne plus voir ses pieds enfoncés dans la neige, puis il dégagea sa main, voulut courir et le sol friable se déroba. Il tomba sur le ventre, bras ouverts, tête en avant, réussit à se redresser sans aide et sans pleurs, essuya son nez et ses joues couverts de poudre :

— Chaud! dit-il, pour indiquer la sensation de brûlure qu'il éprouvait.

— Non, froid! corrigea Renaud en riant.

Claire, attendrie par la scène mais pressée de se retrouver seule avec les deux hommes, appela Gautier et le confia à Lucie Savournin. Renaud, assis devant le feu, évoqua en phrases sèches son voyage de Saint-Pons à La Tuilière et la bonne tenue de Junon sur la neige au passage d'un sanglier de belle taille. Son visage, coloré d'ordinaire, paraissait blanc, sa voix légèrement voilée. Il avait ôté sa veste de cuir et sa chemise mal boutonnée découvrait sa poitrine glabre. Antoine rapporta une observation curieuse de M. de Buffon. Le naturaliste avait vu des sangliers « *en troupeau* » s'arrêter à l'orée du bois autour d'un monceau de terre glaise dont ils « *léchaient ou avalaient la matière par grandes quantités* ». Claire dit que ces bêtes devenaient dangereuses en vieillissant car elles s'écartaient du groupe, s'effarouchaient d'un rien et attaquaient tout ce qui bouge. La conversation s'éleva d'un ton, prit un tour guerrier. Les deux hommes parlèrent en chasseurs qui respectent le gibier, admirent sa ruse, son courage et préfèrent l'aventure à la tuerie. Renaud raconta comment il avait frôlé la mort, suspendu à une branche frêle au-dessus d'un précipice, alors que le bouc sauvage sur lequel il avait déchargé son mousquet bondissait au loin et se moquait de lui. Claire voulut savoir ce qu'on éprouvait quand on frôlait la mort et Renaud répondit sans la moindre ironie : « Rien de précis. On ne s'ennuie pas, voilà tout. » Antoine les regardait à tour de rôle, émerveillé d'être assis sans arrière-pensée entre l'amour et l'amitié. Il aurait souhaité le dire tout haut, le proclamer, mais ses lèvres ne surent que prononcer quatre mots ordinaires :

– Tu dois avoir faim.

– Oh, oui! s'écria Renaud.

A table, il dévora surtout du pain, engloutissant des tranches épaisses et faisant allusion à la dureté de l'hiver sur un ton désinvolte, puis, sans transition, il expliqua comment son père, frappé d'une hydropisie de poitrine, avait réussi à se tirer d'affaire :

— Il ne tient pas à la vie, mais elle refuse de le lâcher.

Ce qu'il se gardait farouchement d'avouer, c'était l'amertume que lui laissait ce séjour sinistre à Saint-Pons : « Qu'attendez-vous pour imiter votre ami Antoine? lui répétait le vieillard. Êtes-vous seulement capable d'engrosser une femme et de lui faire un garçon? » Parfois, sa méchanceté s'écourtait en même temps que sa respiration râpeuse, et son regard reflétait un désarroi presque humain. Alors, il s'adressait à Rip, le chien de Renaud, qu'il avait adopté par caprice et considérait à présent comme sien. Il lui faisait des confidences à voix haute : « Personne ne recherche ma compagnie, sauf toi. Tout le monde attend ma mort. » Un matin, posant sa main décharnée sur la tête de l'animal, il avait, du bout des lèvres, parlé de Laure-Adélaïde : « Elle m'était fidèle par principe. Tu comprends ça, mon chien? » Renaud s'était fâché : « Ne touchez pas à ma mère. Laissez sa mémoire en paix. — Conserve la tienne en guerre! » avait ricané le vieillard.

— Vous l'aimez un peu, tout de même, dit Claire.

— Évidemment! C'est bien ce qui me fait enrager.

Il posa son verre avec fracas sur la table, puis éclata de rire avec une telle ardeur qu'Antoine et Claire regardèrent comme un phénomène sa bouche entrouverte où l'on voyait luire des dents solides. Il s'apprêtait à rire encore, de leur attitude cette fois, quand le bois crépita dans la cheminée sur des flammes qui se couchaient pour se redresser en sursaut, tandis que le vent sifflait contre les vitres de la fenêtre à meneaux illuminée, brusquement, comme un miroir :

– Le mistral! dit Claire en se levant. Il va faire beau. Venez!

Dehors, la lumière avivée par le froid les aveugla. Le ciel presque violet, repoussant les derniers nuages, donnait l'impression de courir avec eux sur la neige inondée de soleil.

– Vite! reprit Claire en gagnant l'écurie.

Elle refusa l'aide de Cyprien qui voulait brider Bayard et ajuster convenablement la gourmette, mais accepta les mains de Renaud pour y poser le pied et monter en selle. L'étalon frémit, hennit, dansa des quatre fers avant de partir au galop, imité par Junon et Sultan qui le rattrapèrent sans parvenir à le dépasser. Claire, bien assise, les genoux en avant des étrivières, absorbait en souplesse les saccades de sa monture. Le vent de la course pinçait ses narines, serrait ses lèvres et lissait ses cheveux noués en catogan. Elle arrêta, non sans mal, le rouan à la lisière de la forêt. Il piaffait à coups de pioche dans le sol meuble et surveillait de ses yeux d'onyx la jument et le hongre qui l'encadraient. De ses naseaux dilatés s'échappait une vapeur épaisse qui se changeait en glace sur son front et sur son toupet jusqu'à sa crinière courte dressée comme une herse. Renaud se rapprocha de Claire :

— A mon tour, dit-il. Je vous confie Junon.

Ils sautèrent ensemble dans la neige qui craqua durement sous leurs bottes alors que les éperons projetaient à distance d'infimes cristaux de glace. Avant de changer de monture, Claire ressentit un picotement bizarre sous la langue et marqua un temps d'hésitation :

— Prenez garde! dit-elle avec douceur. C'est un démon. Tenez-le bien!

— Soyez sans crainte.

Il souriait, et sa balafre couverte de givre troubla la cavalière qui remua les lèvres sans émettre un son. Antoine jugea ce manège un peu long et leur conseilla de ne pas faire refroidir les chevaux. D'un bond élastique, Renaud enfourcha Bayard sans le toucher et sa retombée sur la selle parut une caresse. On crut que son autorité ferait merveille car l'étalon accepta sans réagir son odeur et son poids, mais une seconde plus tard, il coucha les oreilles, claqua des dents et plongea de la tête pour mordre la botte :

— Toi, mon petit, je vais t'apprendre les bonnes manières, gronda Renaud en le relevant sèchement. Tu veux de l'exercice. Ah! Je vais t'en donner!

Il piqua des deux et Bayard partit comme un trait, la crinière basse, alors que le mistral soulevait à sa poursuite un nuage de poussière blanche. Pressant à deux genoux les flancs de Junon, Claire, étourdie et fouettée par l'air glacé qui brûlait ses paupières, reconnut bientôt que la jument ne pouvait rattraper le rouan et que Sultan, monté par Antoine, ne faisait pas mieux. Elle en conçut une fierté anxieuse : « Bayard est le meilleur. Personne n'en doute. Mais Renaud a tort de lui lâcher la bride. Il devrait le retenir, maintenant. » Loin de freiner sa monture, Renaud, visiblement, l'excitait, pressé d'atteindre la limite des champs avec une forte avance, et quand il y parvint, au lieu de s'arrêter ou de faire demi-tour, il obliqua vers le plateau du Cengle, empruntant au galop le sentier de rocaille qui grimpait entre les arbres. Réprimant un mouvement de surprise et d'appréhension, Claire se tourna vers son mari qui chevauchait à sa hauteur :

— Pourquoi fait-il cela? demanda-t-elle sur un ton calme.

— Il le surmène pour le mater, répondit Antoine sans grande conviction.

— Vous croyez?

— Oui. C'est une méthode.

En fait, Antoine n'était pas d'accord avec la manœuvre de son ami qui, sur un terrain accidenté et par un froid polaire, risquait de morfondre le jeune étalon : « Il se pique au jeu. Ce n'est pas dans sa nature. A moins qu'il ne soit plus le maître de la situation », pensa-t-il en tirant sur les rênes de Sultan pour le mettre au pas et lui donner le temps de souffler. Claire fit de même avec Junon, puis, arrivée au pied de la côte, elle éperonna la jument pour suivre les traces du rouan. Le sentier, trop étroit pour permettre aux cavaliers d'avancer de front, s'élevait en lacets sous les chênes, et Antoine qui fermait la marche courbait la tête par intervalles pour ne pas heurter une branche. Le soleil mûrissant traversait les rameaux surchargés de poudre et posait sur la neige des lunules rousses entre les pas étouffés des chevaux. Débouchant la première sur le plateau devant une longue trouée exposée aux rafales du mistral, Claire s'inquiéta de constater que les traces de Bayard se voyaient à peine. Antoine lui dit qu'on en trouverait d'autres, plus visibles, à l'abri des arbres où le sol serait moins dur, mais cette explication ne put rassurer la jeune femme qui regardait droit devant elle, éprouvée par la nudité du paysage. Ils trottèrent côte à côte et gagnèrent la forêt touffue au bout de la clairière sans rencontrer de traces nettes à cet endroit. Un chêne dépouillé gémit, se balança dans l'air filant et lâcha une pelote de neige sur la croupe de Junon qui fit un saut de côté. Cette réaction normale irrita Claire, troublée au point de claquer la jument sur l'épaule après l'avoir traitée de « femelle ». Un lièvre ébouriffé par une rafale frôla Sultan comme un boulet et disparut sous un buisson avec un bruit de poisson que l'on rejette à l'eau. Antoine, impassible

234

en apparence, scrutait tour à tour le sol et l'horizon dont la blancheur exacerbée par le dessin noir des arbres lui devenait hostile. Son silence inspirait à Claire un malaise diffus, autant que le craquement des branches battues par le vent ou que ce picotement qui venait, à l'instant, de reprendre sous sa langue :

— Enfin, c'est insensé! Où est-il donc allé? murmura-t-elle en pesant sur le mors.

Renaud se moquait bien de savoir où il allait. Il ne suivait aucune direction précise, sinon celle que choisissait pour lui le sentier et qui semblait convenir à Bayard. D'abord, échauffé par l'inimitié de l'étalon qui forçait l'allure pour le désarçonner, il avait engagé une guerre d'usure avec lui, s'appliquant à déjouer ses feintes ou ses intentions malignes, incapable au demeurant de ne pas admirer ses prouesses d'équilibre et ses dons prodigieux. Alors, sensible à cette maîtrise, à cette sûreté de main, à cette attention proche de l'amour, le rouan, de foulée en foulée, avait fini par s'émouvoir et se laisser dominer; et maintenant Renaud recevait en cadeau son influx chaleureux, cette folle énergie accumulée sous la selle dont il pouvait jouir à volonté et qui lui donnait envie de crier : « Le cheval de Claire m'a adopté! Nous allons faire ensemble un chemin interminable. » Le sang martelait ses tempes que le vent serrait dans un étau : « Plus vite, mon grand! J'ai horreur de la prudence! » Emportés, avalés par la course, ne faisant qu'un seul être,

le cavalier et sa monture crevaient le ciel de
verre, ignorant le sentier qui, depuis une
minute, s'enfonçait entre deux murs de schiste.
Aussi, ni l'un ni l'autre ne reconnut à temps le
flot de glace qui coulait de la roche et masquait
un fossé. Quand Renaud voulut retenir Bayard,
la glissade fatale avait commencé. Dès lors, il
ne songea plus qu'à faire honneur à Claire sans
décoller de la selle, les pieds soudés aux étriers,
les doigts serrés éperdument sur les rênes.

## XII

SIMON Janoiret pratiquait la médecine en homme d'expérience, sensible et scrupuleux, mais le souci d'étaler sa science et de paraître éloquent lui prêtait l'attitude d'un cuistre. Impressionné par la maladie de Claire, il en cherchait les causes avec application, les remèdes avec sagesse et ne tenait de doctes discours que pour se rassurer lui-même et dissimuler ses inquiétudes : « On ne saurait, disait-il, nier l'enchaînement de la nature qui associe de manière étroite le désordre physique à l'état moral et nous devons rendre hommage à Messieurs Buffon et Daubenton d'avoir établi qu'une passion prend obligatoirement naissance dans un tempérament. Madame de Cherchery appartient au tempérament mélancolique. Quand on le sait, tout s'explique. » Antoine qui l'écoutait sans conviction hocha la tête pour indiquer que cette remarque ne changeait rien à son angoisse, et Janoiret, imperturbable, poursuivit : « Chez le mélancolique, les mouvements du cœur et des artères sont rapides et variés. Le pouls se caractérise par sa fréquence et son élasticité. Cette constitution produit les créateurs et les héros. Pour eux, toute pensée traduite en images conduit aux solutions extrêmes... » Ici, Antoine l'interrompit d'une voix sourde pour affirmer que les généralités ne l'intéressaient pas et qu'une seule question le préoccupait : comment Claire pourrait-elle guérir? Par quel moyen reprendrait-elle goût à la vie? Cela faisait dix jours qu'elle refusait pratiquement de s'alimenter, de parler, de marcher, de dormir... Le médecin répondit sur un ton légèrement nerveux qu'il fallait de toute urgence la contraindre à absorber quelque nourriture : « Il y va de sa vie, Monsieur. Elle ne boira pour commencer que du bouillon de poule assaisonné de cumin. Pour le reste, il convient de se conformer au traitement que j'ai prescrit dans mon ordonnance. J'insiste sur les bains de pieds dans l'eau d'orge tiède et sur les vingt gouttes de liqueur de Hoffmann à prendre le soir. » Antoine soupira avec bruit. L'idée de forcer la volonté de Claire lui semblait une hypothèse absurde et déshonorante. Quant au traitement, il n'y croyait guère. Ce n'était pas avec des gouttes, des pilules ou des bains de pieds que l'on pouvait venir à bout d'un tel mal : « La douleur de ma femme n'est pas dans le corps », dit-il. « A l'origine, peut-être, mais le corps n'en souffre pas moins », répliqua Janoiret du tac au tac. Il froissa l'ordonnance entre ses doigts, puis la posa sagement sur la table en appliquant la paume dessus : « Voyez-vous, Monsieur le baron, reprit-il avec une douceur compréhensive, le chagrin est de tous les sentiments le plus nuisible à la santé, le plus calamiteux pour l'organisme. Il existe des personnes qui se font une vertu d'y céder. Pressées de succomber sous le fardeau, on les voit repousser obstinément toute consolation. Je ne vous cache pas que votre épouse pourrait se trouver dans ce cas. Désormais, vous comprendrez que les moyens dont dispose la médecine soient modestes en comparaison d'autres remèdes d'ordre philosophique ou religieux. » Antoine qui ne souhaitait pas prolonger l'entretien sur ce terrain réprima un geste d'agacement, et Janoiret, revenant à des considérations élémentaires, enchaîna : « Il convient essentiellement de la distraire, soit en l'encourageant à prendre de l'exercice, soit en lui créant des devoirs », et comme Antoine levait les yeux au ciel, il ajouta sur un ton courageux que la pudeur étouffait un peu : « Il faut surtout l'entourer d'affection, de tendresse... d'amour. » Antoine se leva brusquement, lui tourna le dos pour cacher son émotion et répliqua avec dignité : « Il ne lui manque rien de ce côté-là », puis il fit volte-face et lui serra la main sans mot dire, de manière à l'inciter à prendre congé.

Il était onze heures du matin. Après la neige et la glace de la semaine écoulée, le temps humide et froid paraissait doux. Antoine fit quelques pas dans la cour sans intention définie, sinon peut-être de préciser les choses en marchant, de faire le point : la maladie ne s'était déclarée qu'après l'enterrement. Les deux jours précédents, Claire s'était montrée particulièrement calme, raisonnable en apparence, équilibrée dans une douleur impénétrable dont la dignité rassurait et surprenait à la fois, et puis dans le coupé qui la ramenait de Saint-Pons à La Tuilière, sa conduite avait changé. Elle s'était « retirée du monde », inaccessible à son entourage, oubliant de répondre aux questions, de se nourrir, de vivre. Antoine aperçut Cyprien derrière le mur du jardin et se dit que le vieux domestique allait lui demander des nouvelles de Madame la baronne. Alors, il fit demi-tour, rebroussa chemin, s'engagea dans l'escalier et gravit les marches avec une lenteur progressive. Arrivé devant la chambre, il hésita, le cœur battant, se demanda s'il devait frapper à la porte, puis tourna la poignée à tâtons, entra comme un voleur. Claire, allongée dans un fauteuil, une couverture sur les jambes, fermait les yeux. Il s'approcha, comprit qu'elle ne dormait pas, qu'elle était seulement absente, et cette constatation lui fit mal. Il l'appela avec douceur. Elle se contenta d'entrouvrir les lèvres pour les refermer aussitôt. Il jugea sa pâleur alarmante, lui trouva les joues creuses et crut voir se dessiner les os des pommettes sous la peau. Il effleura sa main. Elle ouvrit les yeux.

— A midi, dit-il timidement, vous mangerez un peu. Il le faut.

— Je ne puis, murmura-t-elle.

— Vous boirez une tasse de bouillon. Le médecin le veut.

Elle secoua la tête, affirma d'une voix éteinte qu'une gorgée suffisait à la faire vomir, que ce n'était pas sa faute, puis elle ferma les yeux d'un air résolu pour lui conseiller de ne pas insister, de se taire et de s'en aller, mais il ne pouvait s'y résoudre et demeurait maladroitement penché au-dessus d'elle :

— Vous avez froid? demanda-t-il en promenant le bout des doigts sur la couverture.

— Non. C'est Théréson qui a mis cette laine sur mes jambes. Moi, je n'y tenais pas.

Elle ajouta dans un souffle pour le faire partir :

— Maintenant, je vais dormir.

Il s'éloigna, l'esprit vide, la gorge nouée, gagna la bibliothèque, regarda tristement les livres alignés qui ne pouvaient rien pour distraire son angoisse, et se laissa tomber sur une chaise devant la table de lecture : « Mon Dieu, songea-t-il, je n'ai jamais été aussi malheureux. J'ai perdu mon meilleur ami et je viens de comprendre que ma femme n'aimait que lui. Elle ne m'a épousé que par gentillesse, par pitié. » Il posa les coudes sur la table afin de retenir sa tête à deux mains : « Il faut que je repasse les événements dans l'ordre, sinon je vais devenir fou. D'abord, quel jour sommes-nous? Jeudi 9 février. C'est le jeudi 26 janvier qu'il a neigé. Renaud est arrivé le lendemain matin. » Il voulut retrouver les propos échangés ce vendredi, avant et après le repas, notamment lorsque Renaud avait parlé de « frôler la mort », mais sa mémoire brûla les étapes et s'arrêta sur une image maléfique : une masse brune qui se détachait de la neige devant le soleil injecté de sang. Il avait fallu faire un détour pour éviter la glace qui coulait de la roche, et soudain, Claire avait lâché les rênes, vidé les étriers, sauté à terre pour courir et tomber à genoux. Bayard était couché sur le côté et l'on cherchait en vain sa tête repliée sous l'encolure, entièrement cachée. Il ne portait sur le dos aucune trace de blessure, mais une de ses jambes cassée en deux se tordait vers le ciel et semblait désigner la flaque rouge qui venait de noyer le soleil. En s'agenouillant, Claire avait crié pour appeler Renaud, et maintenant Antoine ne se souvenait plus s'il avait crié lui aussi. Peut-être n'avait-il poussé qu'une exclamation étouffée et cela avait suffi pour déclencher une volée de cloches dans son crâne à l'instant où il avait aperçu sous le poitrail de l'étalon, une main crispée sur les rênes. En se penchant de l'autre côté du corps, on distinguait une botte serrée dans l'étrier : « Il faut le dégager », avait dit Claire d'une voix sans timbre. Antoine avait répondu que ce n'était pas possible, on ne déplaçait pas douze cents livres de chair comme un ballot de paille.

Il fallait retourner à La Tuilière pour réclamer de l'aide, mais Claire avait refusé de bouger : « Allez-y! Moi, je reste ici. » Antoine avait failli perdre le contrôle de ses gestes et de sa voix : « C'est de la folie. Vous allez mourir de froid » et Claire, sans remuer d'un pouce, lui avait fait remarquer que Junon ne voulait pas s'en aller, non plus : « Elle connaît son devoir. » La jument, dont les veines saillaient sur le chanfrein, piétinait la neige autour de Bayard, reniflait la main de Renaud et soufflait dessus avec bruit pour lui redonner la vie. Antoine s'était résigné à partir tout seul sur le dos de Sultan. La nuit tombait lorsqu'il était revenu, une lanterne à la main, accompagné de Cyprien et de Thibaut qui portaient la civière. Claire, à genoux, les attendait, mains jointes, lèvres pincées, les paupières collées par le givre. Cyprien, courbé sur l'étalon, avait noué une corde sur le membre antérieur qui n'était pas brisé et Thibaut en avait attaché une autre autour du membre postérieur qui reposait sur le sol. Antoine s'était joint à eux pour tirer sur les cordes et le rouan avait basculé, libérant à la fois sa tête et le cavalier. Le hennissement de Junon avait fait sursauter les trois hommes et Cyprien avait laissé échapper : « Oh, le pauvre! » Alors, Claire s'était dressée : « Ne le plaignez pas! » avait-elle ordonné sur un ton âpre en s'accrochant comme une sœur au poignet du domestique. Renaud était étendu sur le dos, dents serrées, un filet de sang aux lèvres, un autre partant du nez et recouvrant la balafre. Bayard, en retombant, l'avait écrasé de tout son poids pour lui fermer solidement la bouche et les yeux, et l'on pouvait imaginer entre eux une connivence. L'étalon, l'encolure déjetée sur la neige, écarquillait des prunelles de verre trouble, les naseaux emplis de mousse rouge : « Il est mort sur le coup », avait dit Claire, et personne n'avait su si elle parlait du cheval ou du cavalier...

On frappa à la porte. Antoine bouscula la table en se levant et s'écria : « Oui! » sur un ton dont la violence le surprit. Théréson entra avec précaution et lui dit que le repas était prêt. Elle voulait savoir si Madame la baronne dînerait avec lui. Il répondit que non, ajouta qu'il n'avait pas faim et se contenterait de jambon sur le pouce. La servante, contrariée, se retira d'un pas vif en faisant la moue. Antoine s'approcha de la fenêtre, l'ouvrit, regarda le ciel gris, le jardin humide et le plateau du Cengle qui se profilait derrière les arbres dépouillés. Entre la cour et l'écurie, Jean poussait une brouette dont la roue grinçait à intervalles réguliers. Antoine referma la fenêtre pour ne plus entendre ce bruit. Épuisé par des nuits d'insomnie, il éprouvait une lassitude brutale, les jambes indécises, mal assurées sur le parquet. Il regagna la table de lecture, fit craquer la chaise en s'asseyant, s'accouda, la tête dans ses mains, ferma les yeux et revit le cortège funèbre sur la neige. Précédé par

Cyprien qui éclairait le sentier avec sa lanterne, il portait la civière en compagnie de Thibaut qui se tenait derrière et respirait avec bruit. Claire, montée sur Junon, les suivait, figée sur la selle, coudes au corps, ignorant les écarts de la jument qui renâclait de temps à autre comme pour marquer son désarroi. Le vent ne soufflait plus et la nuit limpide, glaciale se resserrait autour des visages. Antoine avait pensé que ce rude climat convenait à Renaud sanglé sur la civière comme un fagot.

Il ne répondit pas au coup discret donné contre la porte. Théréson entra et déposa sans mot dire le plateau sur la table. Antoine goûta au jambon mais la pensée de Claire malade lui serra le cœur et la chair broyée prit une saveur amère. Il but un grand verre de vin et retrouva de mémoire Renaud allongé dans la chambre d'ami. Droites comme des lances, les deux flammes du chandelier éclairaient les arêtes de son visage figé dans une paix sévère. Dents serrées, les mains croisées sur le pommeau de l'épée, il paraissait attendre un événement redoutable et Claire en prières avait dit : « Seigneur, protégez sa noblesse! » C'était la deuxième fois qu'Antoine veillait un mort. Huit années plus tôt, son père Martial de Cherchery gisait sur le même lit, dans la même chambre. Les reflets du verre vide lui rappelèrent le miroitement de la neige glacée sur la route de Saint-Pons, au matin du 28 janvier. Cyprien, doigts crispés, conduisait le coupé où

Renaud voyageait seul, cahoté entre les banquettes, enveloppé de la tête aux pieds dans un drap blanc. A plusieurs reprises, dans le bois de Montmajor, il avait fallu dégager le chemin bloqué par des congères. Une compagnie de corneilles aux piaillements narquois avait suivi le convoi jusqu'au château.

Antoine emplit son verre et le vida d'un trait. Le vin réchauffa sa langue et sa mémoire : en chevauchant aux côtés de Claire derrière le coupé, il avait évoqué son précédent voyage sur le même trajet quand, fou de jalousie, il recherchait Renaud pour se battre avec lui, le tuer ou mourir. Une ironie désespérée le fit ricaner : « Réjouis-toi! Tu n'as plus de rival! » Il se leva brusquement, marcha vers la fenêtre d'un air écœuré : « Je n'ai plus de rival, plus d'ami, plus de femme, plus rien, c'est parfait! » reprit-il alors que son poing s'abattait sur le chambranle. A travers la vitre, il aperçut Gautier qui trottinait dans la cour. Ses doigts s'attendrirent sur la fenêtre qui s'ouvrit toute seule. L'enfant se retourna, leva les bras, sourit, et ce fut, dans la grisaille du jour, un rayon de lumière pour Antoine qui agita la main avant de refermer la fenêtre, fier, inconsciemment, d'avoir un fils : « C'est une faute, un péché d'être triste devant lui. Son parrain nous le reprocherait », se dit-il, hanté par le souvenir de son arrivée à Saint-Pons et de l'accueil lugubre que lui avait réservé le comte : « Vous étiez son ami, je crois », avait chuchoté le vieillard sans le regarder, les yeux baissés sur la dépouille de Renaud comme s'il identifiait un objet. Il n'avait prêté aucune attention à Claire, oubliant volontairement de la faire asseoir. Durant la veillée, il s'était endormi, bouche ouverte, la nuque calée sur le dossier de son fauteuil à oreilles, pendant que son valet marmonnait des prières et multipliait les signes de croix à la manière d'un émondeur qui manie la serpe. Le comte ne s'était réveillé qu'au petit jour lorsque Rip, profitant d'une porte entrebâillée, était venu se frotter contre ses genoux. Sa main avait fourragé dans la fourrure du griffon tandis qu'une larme comparable à de la résine coulait sur sa joue crevassée. Mais, le lendemain, quand le cercueil, malmené par les fossoyeurs, avait craqué au fond du caveau, il n'avait manifesté aucune émotion, sinon la grimace et le dépit du propriétaire desservi par ses gens. Antoine se demanda pourquoi cet homme si proche de la mort par le caractère s'obstinait à vivre. Il pensa au sourire de Gautier, à ses petits bras tendus vers la fenêtre et comprit que son devoir était d'agir. Il quitta précipitamment la bibliothèque avec l'intention de rejoindre l'enfant dans la cour, mais, arrivé devant l'escalier, il se ravisa et gagna la chambre. Claire ne dormait pas. Elle n'avait pas bougé de son fauteuil, bien que la couverture eût glissé sur le parquet. Antoine voulut lui tenir un discours pondéré, mais sa voix le trahit, vibra

247

quand il lui dit qu'elle n'avait pas le droit de mourir de faim, que tout le monde l'aimait dans la maison et qu'elle avait un fils.

— Je sais, soupira-t-elle, mais je ne peux faire autrement.

Il tomba à genoux, lui prit les mains, la supplia. Elle le regarda comme au sortir d'un cauchemar :

— Vous êtes donc si malheureux? demanda-t-elle en lui caressant la joue.

Il répondit : « oui » de la tête, se mordit la lèvre et ajouta :

— Merci.

— Pourquoi merci?

— De m'aimer un peu.

Elle tressaillit violemment, s'accrocha à lui, tremblante d'indignation :

— Un peu! Suis-je capable d'aimer un peu?

Il la dévisagea sans comprendre, étourdi par sa voix rauque et par sa révolte qui dégageait une moiteur acide.

— Je vous aime, reprit-elle. Quand on aime, on ne mesure pas, on ne partage pas.

Il se pencha pour l'embrasser. Elle l'écarta avec douceur, haleta :

— Je vous aime comme Renaud. Autant que lui. Rien n'a changé. Rien ne changera jamais.

Épuisée, elle ferma les yeux. Il crut qu'elle perdait connaissance et s'affola, mais elle ouvrit lentement les paupières et murmura :

— J'ai faim.

Cet aveu inouï le transporta de joie, lui ôta la parole et seule la fatigue l'empêcha de rire aux éclats. Après avoir repris son souffle et ses esprits, il cria : « Attendez-moi! », se jeta dans l'escalier, se rua dans la cuisine en titubant, appela Théréson, lui commanda de faire chauffer du bouillon : « Vite! Très vite! Tout de suite! » La servante, irritée mais heureuse, ralluma le réchaud, tisonna avec fureur le charbon de bois qui pétilla en lançant des étincelles, alors qu'Antoine, adossé au mur, trépignait d'impatience. Elle versa le bouillon chaud dans un bol dont il s'empara aussitôt, tandis que sa main libre cueillait un morceau de pain.

— Buvez! dit-il en pénétrant dans la chambre. Buvez vite! Non, prenez votre temps.

Claire porta le bol à ses lèvres et absorba le contenu à petites gorgées. Antoine lui donna le morceau de pain et lui rappela que Renaud dévorait des tranches épaisses.

— Oui, dit-elle. Renaud est toujours là. Sa mort n'a aucun sens. Elle ne change rien.

Elle se serra contre lui, l'étreignit joue contre joue, tempe contre tempe :

— Promettez-moi, souffla-t-elle, de ne pas l'oublier, de l'aimer comme s'il était encore vivant. Jurez-moi qu'il restera toujours votre ami.

— Je vous le jure, dit-il en pleurant.

Il se dressa, se retourna vers la fenêtre pour

cacher ces larmes indignes d'un soldat, et constata qu'il pleuvait à torrents, que les gouttes éclataient sur les vitres. Il se dit qu'il ne serait jamais tranquille aux côtés de Claire, que jusqu'à la vieillesse, jusqu'à la mort, il ne connaîtrait jamais la paix auprès d'un si bel orage et que c'était très bien ainsi.

# DU MÊME AUTEUR

## ROMANS

*Le Journal d'un geôlier*, Denoël, 1957.
*La Mort du pantin*, Gallimard, 1961.
*Le Pharisien*, Gallimard, 1962.
*La Paroi*, Gallimard, 1969, Grand Prix du roman de l'Académie française.
*L'Hiver d'un gentilhomme*, Gallimard, 1971, Prix des maisons de la presse.
*Une place forte*, Gallimard, 1974.
*Un crime de notre temps*, Éditions du Seuil, 1976, Prix des libraires.
*Prima Donna*, Éditions du Seuil, 1978.
*Le Cœur du voyage*, Éditions du Seuil, 1981.
*La Grenade*, Albin Michel, 1984.
*Un aristocrate à la lanterne*, Gallimard, 1986.
*L'Éclat*, Gallimard, 1989.

## ESSAI

*Hervé Bazin ou le romancier en mouvement*, Éditions du Seuil, 1973.

## ADAPTATIONS TÉLÉVISUELLES

*L'Hiver d'un gentilhomme – La Mort du pantin – Une place forte – Un crime de notre temps – La Ronde de nuit – Le Coq de bruyère* d'après la nouvelle de Michel Tournier – *Le Curé de Tours* d'après le roman de Balzac – *Antoine et Julie* d'après Simenon – *Bel-Ami* d'après Maupassant – *L'affaire Caillaux – Le Cœur du voyage – L'Été de la Révolution – Les Grandes Familles* d'après le roman de Maurice Druon – *L'Interdiction* d'après la nouvelle de Balzac.

## THÉÂTRE

*Les Trois Chaînes.*

CET OUVRAGE A ÉTÉ COMPOSÉ
ET ACHEVÉ D'IMPRIMER SUR ROTO-PAGE
PAR L'IMPRIMERIE FLOCH À MAYENNE
POUR LES ÉDITIONS ALBIN MICHEL
EN JUILLET 1991

Nº d'édition : 11797. Nº d'impression : 30818.
Dépôt légal : août 1991.

Imprimé en France